闖異世界
1
くまなの
Illustrator029
Kadokawa Fantastic Novels

1 我得到熊熊裝備了！

期待已久的更新日終於到來。

全世界第一款ＶＲＭＭＯ（虛擬實境多人線上遊戲）幻想ＲＰＧ。

包含多元種族、多元職業、多元技能，是自由度很高的遊戲。

發售以後歷經一年，今天將進行大型更新。

我開始當家裡蹲已經過了三年，今年滿十五歲。

然後，我在一年前與這款遊戲相遇——World Fantasy Online。

這是可以透過擬真的感覺體驗幻想世界的遊戲。

從此以後，開始遊玩的一年內，我連學校都不去，只顧著玩遊戲。

睡眠？我有睡滿八個小時喔。

因為還是會想睡嘛。

睡眠第一，美食第二，第三名就是遊戲了吧。

學校？

那是笨蛋才要去的地方吧。
這個世界上有一種稱為股票的鍊金術。
只要把錢丟進去就會不斷增加。
那就像是簡單的遊戲一樣。
只要蒐集到情報，金錢也會不斷累積起來。
我對父母這麼說，他們就說了「學校是用來交朋友的地方」之類的話。
朋友？那是什麼好吃嗎？
因為父母實在太囉嗦，我就把在股市賺來的一億圓交給他們，他們也就閉嘴了。
結果，收到一億圓的父母便再也沒有回家。
他們應該正在利用那一億圓來玩樂吧。
我想他們用完了應該又會來要錢，所以我決定瞞著父母搬到高級公寓。
這樣就可以跟雙親說再見了。
雖然我只有十五歲，但我有錢，也會做菜。一個人生活也沒有什麼問題。
要洗的衣服拿去洗衣店就ＯＫ了。
我今天也要一個人開始遊戲。
維護結束，更新也完成了。

我一秒也不想多等，在維護結束的當下就登入遊戲。

「歡迎您回來，優奈大人。您要聆聽更新資訊嗎？」

我一進入遊戲，女僕裝扮的女性便開始進行遊戲的導覽。

她是在初期的遊玩設定時，可以從男執事和女僕中挑選其中一種的導覽ＮＰＣ（非玩家角色）。

我毫不猶豫地選了可愛的女僕。

「不需要，快點開始吧。」

「我明白了，那麼現在即將開始進行更新特別活動。」

「有那種活動嗎？」

「根據您一年內的總遊戲時間，我們準備了道具要贈送給您。」

「真的嗎！」

如果要比遊戲時間，我可不會輸給任何人。

我這個家裡蹲可不是蹲假的。

「那麼請您從這些禮物盒裡挑選其中一個。」

女僕這麼說完，我的眼前就出現了無數個寶箱。

放眼望去，到處都是寶箱、寶箱、寶箱。數量多到簡直數不清。

「要從這裡面挑選嗎？」

「是的，請您挑選一個喜歡的禮物盒。」

就算要我選，但這個數量實在是……

在無限寬廣的房間裡，有無數個寶箱散落在地上。

猶豫也不是辦法，於是我決定挑選放在女僕腳邊的寶箱。

我一將寶箱拿到手上，其他的寶箱就全部消失了。

好像已經不能重新選擇了。

我一打開寶箱……

「這什麼鬼啊————！」

道具名稱：熊熊套裝

右手：黑熊手套（不可轉讓）

左手：白熊手套（不可轉讓）

右腳：黑熊鞋子（不可轉讓）

左腳：白熊鞋子（不可轉讓）

衣服：黑白熊服裝（不可轉讓）

雖然我想要快點開始遊戲，愚蠢的贈品卻害我停止思考。

我實在是沒有辦法穿著這種東西玩遊戲。

就算是家裡蹲又沒有朋友的我，也不好意思穿上這種衣服。

既然不能轉讓，大概就只能放在道具箱裡面占位子了吧。

不過，還是姑且確認一下它的效果好了。

黑熊手套

攻擊手套，威力會根據使用者的等級而提升。

白熊手套

防禦手套，防禦力會根據使用者的等級而提升。

黑熊鞋子、白熊鞋子

速度會根據使用者的等級而提升。

根據使用者的等級，可以長時間步行而不會感到疲勞。

黑白熊服裝

外觀是布偶裝，具有翻面穿功能。

外面：黑熊服裝
物理與魔法防禦力會根據使用者的等級而提升。
具有耐熱與耐寒功能。
裡面：白熊服裝
穿著時體力與魔力會自動回復。
回復量與回復速度會根據使用者的等級而有所不同。
具有耐熱與耐寒功能。

這些開外掛的能力是怎樣。等級在現階段已經封頂的我來使用的話，根本就是無敵的。
可是，我實在沒有勇氣裝備這種像布偶裝一樣的東西。
不過，那樣就太浪費這些能力了。
「嗯～～」
要為了強大的技能忍受羞恥的感覺嗎？真令人煩惱。
「優奈大人，您怎麼了嗎？」
「沒什麼啦。」
算了，反正也不用現在就要穿上裝備，等一下再慢慢考慮吧。

「好了，快點讓我開始遊戲吧。」

「不好意思，最後還有一份問卷。」

「有那種東西嗎？」

「不好意思，這是長時間遊玩的客人專用的問卷。」

「那就沒辦法了。」

「非常感謝您。請問您認為World Fantasy Online比現實生活更好玩嗎？」

「那當然，很好玩喔，現實生活太無趣了。」

「請問您在現實世界有重要的人嗎？」

「我才沒有那種人呢。」

爸媽是守財奴，我也沒有去上學，所以沒有朋友。

「請問您在現實世界有知心朋友嗎？」

「沒有。怎麼都是些討人厭的問題啊。」

「請問您在現實世界有重要的東西嗎？」

女僕沒有回應我的疑問，繼續提出問題。

「大概是錢吧？」

………………

………………

…………………………

……………………

…………

……

問題不斷出現。

到底有幾題啊。

「請問您相信神嗎？」

「宗教？當然不相信了，可以信任的東西就只有自己的力量。」

「那麼最後一題，請問您認為熊造型的裝備可愛嗎？」

「我覺得很可愛啊，雖然我不會想要裝備它。」

「我明白了，非常感謝您回答問卷。」

房間突然開始發出刺眼的光芒。

「那麼祝福您在新世界過得愉快。」

2 熊熊遇見女孩

我試著睜開眼睛。

這裡不是我的個人小屋（玩家每次登入遊戲都會被傳送到個人小屋）。

這裡是我沒見過的森林之中。

我的裝備是熊。

雙手、雙腳、穿著的衣服。

我身上全部都是剛才在活動中拿到的整套熊熊裝備。

竟然突然就裝備上了。

穿起來的觸感出乎意料地舒服。

我看看自己的手，發現熊熊手套好像是手套玩偶。

我試著讓它的嘴巴開開闔闔。

沒想到滿可愛的。

我環顧四周，一個人也沒有。

總之在這副令人害羞的打扮被別人看到之前，先換個衣服吧。

如果不是在個人小屋，就沒有辦法變更裝備。
我想要從道具箱裡拿出傳送道具，但道具箱卻打不開。
Ｂｕｇ？
雖然有點麻煩，但還是先登出再重新登入吧。

「為什麼……」
登出視窗打不開。
我無奈地打算從人數稀少的好友名單中呼叫好友，但視窗打不開。
總而言之，我為了掌握現狀，動手開啟地圖視窗。
「奇怪？」
地圖視窗也打不開。
「拜託，這是什麼情況啊？」
我打開狀態視窗。
這個就跑得出來了。

姓名：優奈
年齡：15歲

等級：1
技能：異世界語言、異世界文字
裝備
右手：黑熊手套（不可轉讓）
左手：白熊手套（不可轉讓）
右腳：黑熊鞋子（不可轉讓）
左腳：白熊鞋子（不可轉讓）
衣服：黑白熊服裝（不可轉讓）

「這、這是怎麼回事！」

是更新出錯了嗎？

我花了一年練起來的角色變成等級1了，我一定要寫客訴信給官方。

正當我打算想辦法和官方聯絡的時候，有叮鈴的一聲響起。

是新郵件的通知音。

是官方寄來的道歉信嗎？我這麼想著，想要叫出郵件視窗，卻還是無法打開。

「這是要我怎麼讀啊。」

我這麼一想，眼前就有郵件視窗打開了。

寄件人：神

優奈妹妹，恭喜妳。

根據問卷的結果，妳中選了。

啪啪啪啪啪（鼓掌）。

妳所在的地方並不是遊戲世界。

而是我所管理的異世界。

簡單來說，就是異世界。

我決定讓妳在我所管理的世界中生活。

當然，讓妳一絲不掛地開始新生活就太可憐了，所以整套熊熊裝備就送給妳當禮物。

我還有其他禮物要送給妳，請妳努力找出來吧。

「是新活動嗎？」

因為實在是一頭霧水，所以我決定先去尋找其他的玩家。

什麼異世界，根本就是換湯不換藥的小說情節吧。

那種事怎麼可能發生在現實世界。

到底是哪個愛妄想的變態啊。

問題是我不知道自己現在的位置。

我的等級只有1，在這種時候被魔物攻擊就會死掉。

死掉的話就可以回到個人小屋了嗎？

總而言之，先離開森林吧。

可是，沒有武器實在是有點傷腦筋。

我身上就只有嘴巴可以開闔的熊熊手套而已。

我一邊環視周圍一邊在森林裡走動的時候，發現地上掉著一根長度剛好的木棒。我把木棒撿起來，讓熊的嘴巴咬住。

「這可以用來代替武器嗎？」

畢竟總比赤手空拳好，所以我決定拿走木棒。

感覺就像是勇者裝備了檜木棒一樣。

我拿著木製武器，以熊的裝扮走在森林裡，就有野狼出現了。

野狼是會在新手村附近出現的新手用狼型魔物。

我想要先確認野狼的狀態視窗，但是視窗打不開。
野狼也是會根據個體的不同而有不同等級。
如果很弱的話最好，但現在我所拿的武器是木棒，能不能打贏也很難說。
不幸中的大幸是對手只有一隻。
我像拿劍一樣舉起木棒，野狼朝我筆直地跑著撲了過來。
我像平常玩遊戲一樣往旁邊一閃，用木棒往野狼的側腹部敲下去。
如果是我本來持有的劍，牠應該已經被我一刀劈成兩半了吧。
野狼叫出「咿咿」一聲以後便一動也不動。
沒想到可以一擊就打倒牠。
這該不會是勇者的檜木棒吧？
我試著把棒子往天上高高舉起。
算了，玩笑話就先放一邊。
……奇怪？
我看著野狼，發現牠沒有變化。
我明明打倒了牠，牠卻沒有變成道具。
魔物死亡之後會消失，然後掉出道具。
野狼會掉肉或毛皮，運氣好的話會掉魔石之類的東西，但這隻野狼卻沒有消失。

我用木棒戳戳看野狼，但牠沒有動。牠應該是真的已經死了。

剛才的那封郵件漸漸開始帶有真實感。

真的是異世界嗎？

總之先離開這裡再說吧。

說不定會有其他的魔物聞到野狼屍體的味道而跑過來。

我再怎麼樣也不具有在現實世界肢解野狼的技術。

我沒辦法做到像遊戲或小說那樣的事。

打倒野狼之後我又走了一段時間，但就是走不出森林。

「肚子好餓喔～～」

因為打不開道具箱，所以也沒辦法把糧食拿出來。

不，如果這不是遊戲的話，裡面很有可能沒有放糧食。

要是不快點找到人的話，我就要在被魔物殺死之前餓死了。

我明明在森林裡走了很長一段距離，卻沒有什麼疲勞感。

是因為有這雙熊熊鞋子嗎？

雖然很丟臉，卻是一雙方便的鞋子。

「誰來、救救我……」

有人的聲音。

雖然我覺得有點危險，但這是第一次聽到人的聲音。即使知道很危險，我還是往聲音傳來的方向前進。

我跑著，來到一個稍微開闊一點的地方。

那裡倒著一個小女孩，旁邊有三隻野狼正要朝她撲過去。

女孩可能是嚇到腿軟了，似乎沒辦法站起來。

我一邊跑一邊從地上撿起三顆大小與棒球差不多的石頭。

我讓黑熊的嘴巴緊緊咬住石頭。

為了讓魔物的注意力轉移到我這裡，我用力丟出石頭。我丟，我丟。

「奇怪？」

石頭打中野狼了。

三隻野狼噴灑出鮮血後倒地。

我沒有想到可以命中。

這套熊熊裝備難道還有輔助命中的功能嗎？

我試著讓熊的嘴巴開開闔闔。

總而言之，野狼好像死掉了，所以我靠近小女孩身邊。

「妳沒事吧？」

我對年約十歲的黑髮女孩出聲搭話。

因為創角色的時候沒有這種角色可以選，所以應該是ＮＰＣ吧。

「非、非常謝謝妳？」

「為什麼是疑問句？」

「妳會吃掉我嗎？」

「我才不會。」

「妳是熊嗎？」

我想起自己的打扮。

我把戴在頭上的可愛熊熊連衣帽放下來。

「這樣可以嗎？」

「啊，是的。」

我試著打開這女孩的狀態視窗，但狀態視窗出不來。

就算是ＮＰＣ也應該會記載一些資訊，但既然打不開，如果不是ｂｕｇ，那就真的是異世界了。

一看到野狼血淋淋的屍體，是異世界的可能性就漸漸變得更有真實感了。

總之就先向少女打聽一些事情吧。

「妳是一個人嗎？」

「啊，是的，我媽媽生病了，我來是來找藥草的。」

「妳這麼小的女孩子來找藥草？」

「我沒有錢。因為在城裡買不起藥草，所以我才會來到森林裡頭採。然後我就被野狼襲擊了。」

「妳說城裡，意思是這附近有城市嗎？」

嗯，得到好消息了。

「大姊姊妳是從其他城市來的嗎？」

「嗯，而且我有點迷路了。所以，妳可以帶我到城市裡嗎？」

「好的。」

正當我要邁步前進的時候……

「大姊姊，妳要把這些野狼丟在這裡嗎？」

「對啊，反正這種東西又帶不回去。」

「這樣很可惜耶。野狼的毛皮和肉都可以賣錢，魔石雖然便宜，但也可以拿來賣。肢解以後應該就可以搬著走了。」

「我根本不會肢解，所以沒辦法。」

「如果大姊姊不介意的話，我可以幫忙肢解。」
「妳會肢解嗎？」
女孩點點頭回應我說的話。
「那就拜託妳了。我們平分賣掉野狼的錢怎麼樣？反正我也有接受妳的幫助。」
「可以嗎？」
「可以啊。」

少女取出一把小巧的刀子，然後開始靈巧地肢解起野狼。
「妳技術真好呢。」
「嗯，因為我偶爾會做這種工作。」
過了沒有多久，那三隻野狼就被少女的手俐落地肢解成毛皮、肉、魔石了。
我們兩個人分工搬運這些東西。
沒有道具箱真是辛苦。
如果是遊戲，只要碰觸就可以回收道具了。
「城市很近嗎？」
「嗯，很近喔。所以我才會來採藥草。」
「所以，妳有找到藥草嗎？」

「嗯，有找到。可是，要回去的時候就被野狼襲擊了。」

我就是撞見她被襲擊的現場吧。

「那我們走吧……」

我想要呼喚她的名字，才發現自己還沒有問過她。不過，注意到這一點的少女主動說出了自己的名字。

「我是菲娜。」

「我叫做優奈。那我們走吧，菲娜。」

我們走了一段路後離開了森林，遠方可以看到城牆。

喔，沒想到滿大的。

從遠處望過去也可以看出城牆的高度。

如果有那麼高，應該也不會被魔物攻擊了。

在抵達城市前的時間，我從菲娜那裡問到了許多事。

這個世界好像真的不是我所了解的遊戲世界。

身為廢人玩家的我所知道的城市，在這裡一個也沒有。

雖然也有可能是更新後才增加的新大陸，但是聽她說的愈多，這裡不是遊戲中的可能性就愈來愈高。

只要到城市裡，應該就可以獲得某些情報了吧。
我決定如果那裡沒有任何一個玩家，就認定這裡是異世界。
要進入城市好像還需要居民卡或公會卡。
我一說自己沒有那種東西，菲娜就告訴我「公會卡可以到冒險者公會去拿喔」。
不過，進入城市之前好像要繳交一枚銀幣，並接受是否有犯罪的調查。
畢竟我才剛來，也沒有犯過罪，所以應該沒問題。
總而言之，距離城市的入口還有一段路，所以我確認了一下自己的狀態。
奇怪，等級上升了。

姓名：優奈
年齡：15歲
等級：3
技能：異世界語言、異世界文字、熊熊異次元箱
裝備
右手：黑熊手套（不可轉讓）

左手：白熊手套（不可轉讓）
右腳：黑熊鞋子（不可轉讓）
左腳：白熊鞋子（不可轉讓）
衣服：黑白熊服裝（不可轉讓）

哎呀？
技能也增加了。
我閱讀了說明文字。

熊熊異次元箱
白熊的嘴巴是無限大的空間。可以放進（吃掉）任何物品。
不過，裡面無法放進（吃掉）還活著的生物。
物品放在裡面的期間，時間會靜止。
放在異次元箱裡面的物品可以隨時取出。

我好像得到遊戲系統中的道具箱了。
食材長時間放在遊戲裡的道具箱也不會腐敗。

這麼一想的話，這裡果然是遊戲中嗎？
可是，這個功能竟然附加在熊熊裝備上。
「嗯？」
我本來以為道具箱裡是空的，結果裡面好像放著錢。
另外還放著一張紙。
我從白熊的嘴巴裡取出那張紙，讀了起來。

妳在現實世界很重視的錢，
我幫妳帶來了喔。
當然了，因為那邊的錢不能在這裡使用，
所以我幫妳兌換成這裡的錢了。

—— 神

還真是幫了大忙。
但這樣一來，衡量這個地方的天秤又會從「遊戲」傾斜到「異世界」那一邊了。
可是，如果這裡真的是異世界，這些錢就很有幫助。

我確認了裡面放著多少錢，結果發現金額非常驚人。

有這麼多，應該也可以在異世界一輩子當家裡蹲了吧？

總而言之，先到城市裡再考慮吧。

3 熊熊賣野狼

我們來到城門前，那裡有衛兵正在看守。
對方的視線筆直地盯著我看。
我在這個時候想起了自己的裝扮。
「熊、ｂｅａｒ」。
就算寫起來、唸起來不同，內容都是一樣的。
雖然可疑，但應該不可怕。
畢竟菲娜也說這樣「很可愛」。
連我自己都覺得可愛到很令人害羞。
菲娜這個年齡的孩子穿起來應該很可愛吧。
可惜不適合我這種家裡蹲。
但是也用不著這麼盯著我看吧。
「那邊的小姑娘是去找藥草的孩子吧。妳找到藥草了嗎？」
「是的。」

菲娜很開心地微笑。

「那太好了。妳好像有遵守約定，沒有跑到森林深處去，因為深處有魔物嘛。」

我對這句話露出苦笑。

「那麼，這位打扮怪異的小姑娘是怎麼回事？」

「希望你可以不要放在心上。」

「算了，反正每個人穿的衣服都不同嘛。總之，要進城的話就讓我看看身分證吧。」

菲娜將居民卡拿給衛兵看。

「雖然我不是這個城市的居民，不過我聽說付錢就可以進城了。」

我試著讓熊的嘴巴開開闔闔。

「請出示身分證……」

衛兵只開口說了一句話。

我根本沒有那種東西。

「我沒有，只要付一枚銀幣就可以進去了吧？」

「什麼都沒有嗎？任何一個城市的居民卡都可以喔。」

「因為我以前住在沒有卡片的地方。」

我接連說出和菲娜一起來的途中想好的謊話。

「這樣啊，那麼，我們要徵收一枚銀幣作為稅金，並調查妳的犯罪紀錄。」

我將事先從白熊口中取出的一枚銀幣讓黑熊咬住，然後交給衛兵。

「那麼，可以請妳到這邊的房間來嗎？」

我到這個世界之後沒有犯過罪，所以沒有問題。

當然了，我在現實世界也沒有犯罪喔。

真的啦。

我被衛兵帶到附近的一棟建築物。

大概是奇幻小說中經常出現的兵營吧。

我走了進去，裡面有個類似櫃台的地方。

我被帶到這裡，守衛便將水晶放在眼前的桌子上。

「妳把手放在這塊水晶板上吧，如果妳是犯罪者，水晶板就會變紅。」

「只要放上去就可以了嗎？」

「是啊，這會對妳的魔力產生反應並調查資料。」

我把手放在水晶板上，卻沒有反應。

「看來沒問題。」

「這樣真的就可以知道嗎？」

「妳連這種事也不知道啊，妳到底是從哪裡來的？」

「很遠的村子。」

「那我就說明給妳聽吧。這塊水晶板和全國的水晶板都是有連結的，只要是住在城市裡的人，在嬰兒一出生就會發行市民卡，同時進行魔力的登記。在王都和其他的城市也都會這麼做，根據這些資料，就可以知道那個人的出生地了。」

也許是類似居民登記的東西吧。

「然後如果犯下罪行，就可以將相關資料登錄到水晶板裡面。只要登錄，資料就會流通到所有的水晶板，這麼一來犯罪者就無法進入城市或王都裡了。」

「如果使用偽造的卡或別人的卡會怎麼樣？」

「那是不可能的。卡片的構造會對魔力產生反應，如果不是登錄時的魔力，卡片就不會有反應。」

魔力可能就像是指紋一樣吧。

「可是，如果沒有登錄魔力，不就沒有意義了嗎？」

「是啊。不過，沒有卡片的人大概就只有不曾去過城市或王都的鄉下村民而已，那種人不可能是什麼重大罪犯。」

這麼說或許沒錯。

「說明就到此為止了。妳還有什麼想問的事情嗎？沒有的話，妳可以進城了。」

我向他道謝並走出房間，菲娜已經在外面等我了。

我摸摸菲娜的頭。
「優奈姊姊，沒問題嗎？」
「嗯，沒問題。」
「那我們就去公會賣掉野狼吧。」

城市裡看起來雖然和遊戲中的城市有點像，但好像又有點不太一樣。
而且，總覺得每個人似乎都在看我。
因為我是外地人嗎？
「優奈姊姊的打扮很引人注目呢。」
我都忘了。
我忘了自己正打扮成熊的樣子。
不用說也知道，在抵達目的地之前擦身而過的人們全部都看著我。
菲娜帶我來的地方就像一個大倉庫。
倉庫旁邊蓋著一棟很大的建築物，那裡有帶著劍或魔杖的冒險者。
因為狀態視窗打不開，所以我不知道他們是遊戲玩家還是ＮＰＣ。雖然有點想調查，但現在還是先跟菲娜走吧。
「這裡可以進行買賣。不好意思～～我們想要賣野狼。」

菲娜向待在櫃台深處的男人搭話。

「這不是菲娜嗎？這種時間妳怎麼會來？」

「我是來賣素材的。」

菲娜將手上拿的野狼素材放到櫃台上。

我也和她一樣放下素材。

「這不是野狼的肉和毛皮嗎？妳是怎麼弄到的？」

「我去外面採藥草的時候被野狼襲擊，然後這個姊姊救了我。」

「妳跑到森林去了嗎！」

櫃台的男人大叫。

「嗯，因為媽媽的藥草用完了。」

「我已經跟妳說很多次了吧。妳想要藥草，我可以幫妳弄到啊。」

「可是，我不能每次都麻煩根茲叔叔呀。我又沒有付錢。」

「我就說了，不用付錢也沒關係啦。要是妳出了什麼意外，我要怎麼跟妳媽媽交代？」

「沒關係的，我以前就去過森林好幾次了。」

「可是，妳今天不是被野狼襲擊了嗎？然後被這位……怎麼說呢？有點怪，又有點奇妙的小姑娘救了一命。真是謝謝妳啊，小姑娘。謝謝妳救了菲娜。」

他看著我的打扮，帶著難以啟齒的表情道謝。

「不會，因為我迷路了，所以她也幫了我的忙。」

「雖然我想報答妳，但這畢竟是我的工作，所以會維持一般的收購金額，可以嗎？」

「可以。」

男人開始確認野狼的素材。

「我看看，是肉和毛皮吧。看這些分量，差不多是這個數字吧。」

根茲先生把錢放在我們眼前。

我不知道這樣算多還是少。

「是，麻煩叔叔了。」

菲娜看起來很高興。

收下錢的菲娜正要將其中一半分給我。

「菲娜，這些錢就不用給我了，妳可以介紹不錯的旅館給我嗎？我是第一次來到這個城市，所以不清楚。可是，妳必須快點把藥草拿給媽媽對吧。」

我想起了在森林裡遇見菲娜的理由。

「沒關係，我回家的路上有旅館，我可以帶大姊姊過去。」

「謝謝妳。」

「菲娜！以後不要再做危險的事了。想要藥草就跟我說一聲。」

「嗯，我知道了。」

菲娜回答以後邁出步伐。

「妳認識剛才那個男人嗎？」

「是的，我總是受到叔叔的照顧。有時候，別人帶來的魔物特別多時，我會在那裡做肢解的工作。」

原來如此，所以她肢解的技術才會那麼好啊，我終於理解了。

「所以，叔叔知道我媽媽的病，會把藥草或藥便宜賣給我。有時候還會免費送給我。可是，我不能每一次都拜託叔叔幫我拿到藥。」

所以她這次才會一個人到森林裡採藥草啊。

雖然我想要幫菲娜一點忙，但現在應該沒辦法。

連我自己都是這種狀況了。

她帶我去的旅館是從變賣地點開始要走大約30分鐘路程的地方。

沒想到距離滿遠的。

不用說也知道，我在這段路上當然也聚集了眾人的視線。

「就是這裡，大家都說這裡的飯菜也很好吃喔。」

「謝謝妳，那妳快點把藥草拿去給媽媽吧。」

「嗯，謝謝優奈姊姊。」

菲娜跑著離開了。

目送她走的我站在旅館前面，聞到一股很香的味道飄過來。
太陽即將下山，已經是晚餐時間了。
我可以期待吃到美味的餐點。
我順從著可以進食的喜悅，走進旅館之中。
我一走進來，一名年約十五到二十歲的女孩子就驚訝地看著我。
每次別人都會有同樣的反應，真讓人困擾。
反正我有錢，還是考慮買個防具好了。
「歡、歡迎光臨？」
女孩看著我的打扮，勉強出聲說道。
「我聽說這裡可以住宿。」
「是的，沒有問題。住宿加上早餐與晚餐的價錢是銀幣一枚，不加用餐費用則是銀幣半枚。」
「那我要加上餐點，住宿十天。」
「另外，沐浴時間是傍晚六點至晚上十點之間。」
「還可以洗澡嗎！」
「是的，可以。浴室有確實區分成男用與女用，請放心。」

真是令人開心的失策，我沒想到這間旅館還附有浴室。

「我可以馬上用餐嗎？」

「沒問題。」

聽完說明的我從白熊的嘴巴裡取出十枚銀幣。

女孩接過銀幣的瞬間，捏了捏黑熊。

「哇，不好意思，因為它很可愛。您要十天份的住宿和餐點對吧。餐點馬上就可以準備好，請您在座位上稍等。啊，我是這間旅館的女兒，我叫做艾蕾娜。請您多多指教。」

「我是優奈，暫時要麻煩妳了。」

4 熊熊被鏡子裡的自己萌倒

用美味的餐點填飽肚子以後，我請艾蕾娜小姐帶我到二樓的房間。

我一定要好好感謝菲娜。她不只是把我從森林帶到城市，還介紹我有美味餐點的旅館。她是我的救命恩人。

「浴室現在沒有人，您可以先去洗澡。不過請您不要洗太久，因為會有人在外面等。」

「了解。」

「另外，早餐時段是早上六點至八點之間。如果太晚就不會出餐了，請您注意。」

艾蕾娜小姐大致說明完以後就走下樓去。

被留下來的我走進房間。

因為是單人房，所以沒有多大。

大概就只有床和小小的桌子而已。

因為有道具箱，所以不會有行李占空間。如果只是要睡覺，這個大小很足夠了。

我掃視房間，發現牆壁上有一面鏡子。

我重新審視自己的外表。

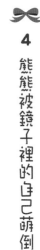

好害羞。

毫無疑問，我作著熊的打扮。

這種熊熊服裝就像是女孩子偶爾會當成居家服穿的衣服。

我竟然打扮成這個樣子在外面走動，實在太丟人，我明天已經不想再穿了……

我再一次鼓起勇氣，凝視著鏡子。

這時候我注意到異樣了。

「是我在現實中的臉……」

映照在鏡子裡的，是我在現實世界中的臉。

我的遊戲角色雖然也是同樣的臉部輪廓，但髮色和髮型不一樣。我在遊戲中是銀髮雙馬尾。不過，現在鏡子裡出現的髮型是長度及腰的黑色長直髮。身為家裡蹲的我不可能去美容院那種麻煩的地方，所以頭髮就漸漸留長了。

因為麻煩，所以髮型也是維持直髮的樣子。

我在現實世界的臉、髮色、髮型就映照在鏡子裡。

在遊戲裡，我還把身高多加了十公分左右。我重新確認這一點，結果不管怎麼看都只有現實中的身高。

我不矮喔。

只是比平均身高稍微矮一點而已。

真的啦。

不過，這麼一來就算我不願意，我也知道這個世界並不是遊戲世界了。

我心中默默地希望這裡是遊戲世界，但一發現是真實世界，就讓我一瞬間大受打擊。可是，我馬上就注意到自己根本沒有理由大受打擊。

我的雙親是一對無可救藥的父母，而且我也沒有朋友，所以當然也沒有知心朋友。

我在現實世界留下的東西大概就只有在股市賺來的錢而已吧。可是，根據神所寫的信，那些錢也已經兌換成這個世界的貨幣了。

現實世界會讓我捨不得的東西應該就只有娛樂和食物了吧。

可是，這個世界應該也有好玩的事情，這間旅館的餐點也是美味的食物。

只要我想要，繼續當家裡蹲也不是問題。不過可惜的是，就算在這個世界宅在家裡也沒有網路和電視可以使用，應該很無聊。

算了，只要把這個異世界本身當作一款遊戲，享受去各種地方玩的樂趣說不定也很不錯。

我這麼一想，就覺得愈來愈好玩了。

「好，為了迎接明天，早點洗洗睡了吧。」

我來到浴場，在更衣處脫掉熊熊手套，將熊熊服裝脫到一半。

熊熊服裝裡面穿的是內衣。

竟然只有內褲和胸罩……

我今天就穿著這種衣服在大街上走嗎？

至少也給我一件襯衫吧。

話說回來，我沒有可以換洗的內衣，所以要買新的才行。

我把熊熊服裝全部脫掉，然後脫掉內褲。

嗯？

令人在意的東西進入我的視野。

我試著緩緩地將內褲攤開。

「這什麼鬼啊……」

內褲上有熊熊的圖案。

而且還是白熊和黑熊兩隻。

是將我召喚到這個世界的神自己的喜好嗎？

「還是不要想太多好了。」

我泡進浴池，消除今天的疲勞。

因為這裡禁止長時間泡澡，所以我很快就起來了。

畢竟沒有可以替換的衣物，於是我打算重新穿起剛才脫掉的熊熊內褲和熊熊服裝。

「明天去買東西好了。」

我把手放在熊熊服裝上面，忽然想起一件事。

也就是把衣服翻過來變成白熊再穿上去就可以回復體力的說明文字。

我試著把服裝翻成白熊的樣子穿起來。

我感覺到有一股療癒的能量傳遞過來。

身體的內側有種暖烘烘的感覺。

「喔喔，這也許還不錯。」

我回到房間，為了消除今天的疲勞而鑽進被窩。

好舒服。

「晚安～～」

我說著不會有人聽到的問候語，進入夢鄉。

可能是因為早睡的關係，我今天特別早起。

不知道是不是白熊的效果，疲勞已經完全消失了。

我愈來愈難以脫離熊熊裝備了。

這說不定是一套詛咒的裝備。

技能很強但外表可愛的熊熊之類的，如果這是帥氣的熊造型裝備就好了。

到早餐之前似乎還有一段時間。

我叫出狀態視窗。

姓名：優奈
年齡：15歲
等級：3
技能：異世界語言、異世界文字、熊熊異次元箱

裝備

右手：黑熊手套（不可轉讓）
左手：白熊手套（不可轉讓）
右腳：黑熊鞋子（不可轉讓）
左腳：白熊鞋子（不可轉讓）
衣服：黑白熊服裝（不可轉讓）
內衣：熊熊內衣（不可轉讓）

增加了奇怪的裝備項目。

熊熊內衣
不管使用多久都不會髒。
是不會附著汗水和氣味的優秀裝備。
大小會根據裝備者的成長而變化。

家裡蹲的最強裝備來啦！

不不不，這對十五歲的少女來說可不行。

可是，大小會根據裝備者的成長而變化，也許很有幫助。雖然我現在胸膛單薄，但這對將來會成為巨乳的我來說可是必要的。

因為這樣就不用一直更換內衣的尺寸了。

我為了吃早餐而往下走到一樓，發現艾蕾娜小姐拿著抹布正在打掃。

「早安。」

「早安，可以吃早餐了嗎？」

「是的，沒問題。」

艾蕾娜小姐一直盯著我看。

「幹嘛？」

「今天是白色的呢，很適合您喔。」

她用燦爛的笑容對我這麼說。

我完全忘記了。

我今天是白熊。

雖然換成黑熊也不代表我不會害羞，不過因為換衣服很麻煩，所以我還是穿著白熊服裝吃了早餐。餐點中的麵包和湯都非常美味。

反正我有錢，宅在這間旅館或許也不錯。

我回到房間，重新換回黑熊服裝。

我試著思考今天要做什麼事。

1.買換洗衣物（包括內衣）。

2.辦理身分證（去冒險者公會）。

3.弄到裝備（我想要劍）。

4.蒐集情報（去圖書館或書店）。

5.掌握自己的能力（我可以輕鬆打贏野狼）。

我向艾蕾娜小姐打聽了冒險者公會的地點，發現原來就在昨天賣掉野狼素材的建築物隔壁。

因為沒有身分證會遇到各種麻煩，所以我為了前往冒險者公會而走出旅館，這時候……

「優奈姊姊，早安。」

「菲娜，妳怎麼在這裡？」

「我想要重新向大姊姊道謝。還有，我也想問問旅館住起來怎麼樣。」

「嗯，旅館很好喔。食物很好吃，還有浴室可以用，我很高興。總之我打算先在這裡待個十天。」

「大姊姊喜歡這裡，真是太好了。」

「菲娜妳那邊沒問題吧？」

「是，我順利讓媽媽服下藥草了。對了，優奈姊姊想要去哪裡呢？」

「我要去公會辦身分證，然後我打算在城裡到處逛逛。」

我向她說明今天要做的事。

「我也可以跟大姊姊一起去公會嗎？」

「可以啊，但我只是要去辦身分證而已喔。」

「因為我也要去冒險者公會看看有沒有肢解的工作。」

「肢解的工作？」

「我昨天有說自己在做肢解的工作對吧，給我這份工作的就是根茲先生。」

「根茲先生？」

「是的，就是昨天收購野狼素材的人。有時候會有冒險者把沒有肢解的大量魔物帶到那裡。這種時候，我就會到那裡幫忙。所以我每天一大早都會先到那裡看看。」

「啊，妳昨天的確有提到這件事。」

這麼小的女孩子做魔物的肢解工作啊。

該說不愧是異世界嗎？還是說這就是異世界的常識呢？真令人不解。

「我老是受到根茲先生的照顧。」

他該不會是蘿莉控吧……

「根茲先生好像喜歡我的媽媽。」

原來是媽媽。我發現到自己的內心有多骯髒。

一聽到小女孩和成年男性的組合就會聯想到蘿莉控是我的壞習慣。

在我聽著根茲先生和菲娜媽媽的話題時，就漸漸看到昨天賣掉野狼的建築物了。

當然了，在來到這裡的途中，我都一直被路人行注目禮啦！

5 熊熊來到冒險者公會

一來到公會，那裡就已經有很多冒險者了。

每個人都各自拿著劍或是魔杖。

感覺就像是待在遊戲世界一樣。

不過，這裡面一個玩家也沒有吧。

「一大早就有好多人喔。」

「因為階級低的冒險者會互相搶工作。大家都是為了拿到好工作，才會這麼早來的。」

原來如此，如果不夠強就打不贏很強的魔物。

若是要驅除弱小魔物，有一定程度的冒險者也做得到。

委託案件和冒險者的數量如果兜不攏，就會演變成搶工作的局面。

我和要去根茲先生那裡的菲娜道別，走進有一群邋遢男人的公會裡面。

我一走進去，眾人就向我投射視線。

不知道是在打量我，還是覺得有女人來很稀奇，我聚集了人們的視線。

雖然看看周圍也可以發現女性冒險者，但數量果然很少。

我無視這些視線，走到二十歲左右的櫃台小姐面前。

「我是第一次來。」

「啊，是，您想要加入冒險者公會是嗎？」

「我聽說那樣可以當作身分證明。」

「是的，冒險者公會卡可以在任何國家使用。」

「那可以麻煩妳幫我辦嗎？」

我這麼告訴她就感覺到背後有一股視線，於是回過頭去。

「喂喂喂，這種穿著奇怪衣服的小女孩要當冒險者？冒險者還真是被瞧不起了啊。就是因為有妳這種小女孩，冒險者的素質才會降低啦。」

這是老哏嗎？

「我只是想要辦身分證才來的，沒有理由被你說些有的沒的吧。」

「那就更糟糕了，公會根本不需要不工作的冒險者。」

「我可沒說我不工作，我會做自己做得到的工作。」

「我就是說妳這樣會降低冒險者的素質啦。」

「櫃台姊姊，這個人說的話是真的嗎？」

「只要在公會具備最低限度的資格就沒有問題。」

「最低限度？」

「年齡必須在十三歲以上，並於一年內升至階級Ｅ。如果無法符合條件，將會被剝奪會員資格。」

「階級Ｅ？」

「條件是能夠打倒哥布林或野狼等低階魔物。」

「那我應該沒問題，我可以打倒野狼。」

「哇哈哈哈，少騙人了，像妳這種小妹妹怎麼可能打贏野狼。」

「這個人是什麼階級？」

我問櫃台小姐。

「這位是階級Ｄ的戴波拉尼先生。」

「在後面看熱鬧或嘲笑我的那些人呢？」

「他們都是階級Ｄ或Ｅ的會員。」

冒險者們臉上浮現淺笑。這種人在遊戲世界也有，一群光用外表評斷他人的白痴。對付白痴就只有一種處理方式，那就是讓他們認知到自己是錯的。別人來找碴就奉陪，我在遊戲裡也遵行這個原則。

「呵，這個冒險者公會的素質還真是低落。這種程度的人竟然有階級Ｄ。」

「妳說什麼？」

「你不是自己說了嗎？你是白痴還是笨蛋啊？如果我這種程度當不上冒險者，不就表示贏不了我的你們是一群沒有生存價值的垃圾廢渣嗎？連自己說的話都無法理解，你是笨蛋嗎？喔，抱歉，你是哥布林對吧？」

「混蛋……妳找死嗎？」

「這裡有可以進行比賽的地方嗎？」

在遊戲時代，我偶爾一個人跑時，就經常被這種蠢蛋找麻煩。

不過，家裡蹲玩家可不會總是吃悶虧。

我都會用花費大量時間和金錢練起來的角色反將對方一軍。

如果不徹底擊潰這種人，他們就會像蟑螂一樣一隻接著一隻冒出來，所以很惱人。

「有的，這裡面有場地……」

「那如果你們贏了，我就放棄當冒險者，離開這裡。如果你們輸了，你們就要辭掉冒險者的工作然後離開，可以嗎？」

「一個臭娘們還敢說大話。要是輸給妳，我們就不幹冒險者了！你們說對不對啊？」

「對！」

在男人身後的冒險者們也嘻皮笑臉地回應。

他們大概覺得很有趣吧。

「櫃台姊姊，妳聽到他們剛才說的話了吧？」

「是的。不過，我建議您道歉……戴波拉尼先生雖然在個性上有點問題，但他的確是階級D的冒險者。」

這樣一來就得到櫃台小姐的證言了。

我可不許他們假裝忘記了這件事。

我跟在櫃台小姐後面，來到後方的訓練場。

我的身後有大約十五名冒險者跟在帶頭的戴波拉尼後面魚貫前進。

「那個，請問您真的要這麼做嗎？」

「是啊。這麼弱的人竟然是冒險者，會降低冒險者素質的，我要讓他們早點放棄才行。」

「混蛋，不要以為妳可以活著走出這裡。」

「這麼說來，你也有被殺的覺悟嘍。人家說會叫的狗不咬人，原來是真的啊。」

「喂，快點給我開始。」

戴波拉尼舉起了劍。

「啊……」

我忘記自己沒有帶武器了。

我身上就只有一根檜木棒。

「怎麼了，快點把武器拿出來啊。」

我想著辦法掃視四周，便發現菲娜來到現場了。

這孩子真是太會抓時機了。

「優奈姊姊！」

她好像是聽到騷動才跑過來找我的。

真是可愛。

「菲娜，妳可以借我小刀嗎？我等一下一定會還妳。」

我靠近菲娜，拜託她。

「優奈姊姊要戰鬥嗎？」

「自然就演變成這樣了。不過，不會有問題的，妳看著吧。」

我向菲娜借了小刀，走到戴波拉尼面前。

「妳要用那種武器戰鬥嗎？」

「對付哥布林不需要動用到我的武器（檜木棒）。」

「我要宰了妳。」

「我必須再三強調，兩位千萬不可以殺人。那麼，請開始吧。」

戴波拉尼開始奔跑，揮起手上的大劍。

我一個箭步往旁邊跳了大約三公尺。多虧熊熊鞋子的技能，讓我可以輕鬆地與對方保持距離。然後，我踏出一步攻進戴波拉尼的懷裡，用戴著黑熊的手往他的側腹部打下去。

祕技，熊熊鐵拳。

怪了，對方沒有飛出去，就只有讓他表情扭曲而已。是因為等級上的差別嗎？

「混蛋……」

耐住熊熊鐵拳的戴波拉尼揮起手中的劍。

喂喂喂，竟然在與人戰鬥的時候從觸手可及的距離高舉起劍，到底是多外行啊。

在遊戲中也有和他人對戰的活動。像是不限制等級，可以使用任何武器、魔法、防具的無差別戰鬥。其中也有藉由官方的設定將防禦力、攻擊力限制在一定程度的玩家間戰鬥。

在等級、武器和防具都沒有差異的戰鬥中，技術便決定了勝負。

我就經歷過那種戰鬥。

只會依靠蠻力攻擊的敵人根本不是我的對手。

我對戴波拉尼高舉起來的手腕附近使出熊熊鐵拳。

因為一股往上的力道，戴波拉尼的劍失去了平衡。隨後我的小刀就抵在戴波拉尼的喉嚨上了。

「結束了。」

「別開玩笑了——————！」

他推開停下來的小刀，想要揮舞大劍。

我一個踏步往後方退開，躲避這一招。

這雙熊熊鞋子也太方便了。

「櫃台姊姊，這場比賽是我贏了吧。」

「別開玩笑了，還沒有分出勝負。」

我望向櫃台小姐，但她似乎也不知道該怎麼辦，正在猶豫不決。

真希望她可以好好當裁判。

「我知道了。不只是比賽，我會讓你的人生也結束。別以為下次刀子也會停下來。」

我這麼一說，男人的臉便開始抽搐。

他應該知道我們的實力差距了吧。

他的攻擊被我躲過，速度也是我比較快，如果熊熊鐵拳是小刀的話，現在他的腰早就被捅一個洞了。而且我最後也毫無疑問地將刀子抵在他的脖子上了。

也就是說他已經被刺中兩次了。

「你就這麼怕這把刀子嗎？」

我把小小的刀子亮出來。

「抱歉喔。竟然對本來就沒資格當冒險者的普通人用這種東西，我太不成熟了。」

說完，我把小刀往戴波拉尼的腳邊射過去，讓刀身插在地面上。

「這樣就不可怕了吧。」

我用熊熊手套催促他快點攻過來。

「少瞧不起我～～」

笨蛋猛力衝過來。

我用一個踏步往旁邊閃躲，不過，他的劍追上了我。

兩次都用同樣的閃躲方式果然會被識破呢。

一步不行就踏兩步，再不行就跳三次。

我踏了三步，在第四步進入死角，第五步時朝戴波拉尼逼進。

一記熊熊鐵拳在他臉上炸裂。

戴波拉尼的高大身軀倒了下來。

右、左、右、左、右、左，我交互毆打著他的臉部。

熊熊鐵拳、熊熊鐵拳、熊熊鐵拳、熊熊鐵拳、熊熊鐵拳、熊熊鐵拳。

果然，戴著黑熊的那隻手好像比較有力。

對方只有右臉頰腫得比較大。

男人不動了。我看到男人停止動作之後才遠離他，男人翻著白眼昏了過去。

「好了，接下來的對手是誰？」

我對正在一旁觀看的冒險者發問。

沒有人走出來。

「好像沒有了呢。那麼，櫃台姊姊，就麻煩妳幫這裡的所有冒險者辦理退出公會的手續了。因為他們好像沒有實力。」

我微微一笑。

「這個……」

「因為他們自己都說了嘛。像我這樣沒有實力的人不能成為冒險者。這不就表示比我更弱的人就不能成為冒險者嗎？不只是這個倒在地上的男人，不敢向我挑戰的人會被這麼認為也沒辦法的吧。因為既然是冒險者，應該打得贏我這個程度的人。」

我臉上帶著笑容，看著周圍的人。

好像沒有冒險者看了剛才的戰鬥還以為自己可以獲勝。

戴波拉尼應該本來就是這些人裡面最強的吧。因為戴波拉尼這麼簡單就輸了，所以根本沒有哪個蠢蛋敢對我宣戰。

「我可沒有那麼說。」

在沉默之中，有一名冒險者說話了。

「我也沒有那麼說。」

又有一個人接著說道。

「說那種話的人是戴波拉尼吧。」

「沒錯。」

他們好像打算和戴波拉尼切割，藉此保護自己。

「可是，我說過了吧。如果你們贏了，我就放棄當冒險者，離開這裡。如果你們輸了，你們就要辭掉冒險者的工作然後離開，然後，聽到這個男人說『要是輸給妳，我們就不幹冒險者了！你們說對不對啊？』之後，你們說了『對！』來回應他。當時我有向櫃台姊姊確認過喔。」

我望向櫃台小姐。

「是的……」

她小聲地回應我。

無處可逃的冒險者們開始走進訓練場。

「既然妳要這樣，就先打倒我們所有人再說吧。」

「是啊，妳就一次對付我們所有人吧。」

一個人、兩個人、三個人陸續走了出來。

看來我好像必須一次對付他們所有人才行。

但如果是戴波拉尼這種程度的實力，應該沒問題吧。

戰鬥結束了。

轉眼間就結束了。

因為我沒有去看自己的狀態所以很難說，但是打倒戴波拉尼之後等級應該有提升。熊熊踏步變得更俐落，熊熊鐵拳的威力也增加了好幾個層級。

是的，他們每一個人都被一記熊熊鐵拳打倒了。

「喂，你們到底在幹什麼！」

一個身上長滿肌肉的粗獷男人進入了訓練場。

「喂，海倫，快點說明這到底是怎麼回事！」

他對櫃台姊姊這麼說道。

這個櫃台人員的名字好像叫做海倫。

海倫小姐正在拚命地說明情況。

說完以後，肌肉男往我這裡看了過來。

「喂，那邊那個打扮怪異的女人！」

「幹嘛？」

「這是妳做的嗎？」

「這可不是我的錯。因為別人對我使用暴力，所以我只是行使正當防衛。你應該不會把錯怪到我頭上吧？」

「對於冒險者之間的爭端，公會基本上是站在中立的立場。」

「那意思就是站在我這邊嘍。」

「這是什麼意思？」

「因為我還沒有入會，所以不是冒險者。我是一般市民，我這種一般市民被冒險者攻擊了，管理他們的公會不就應該要負責嗎？你應該不會要說比起一個身為一般市民的女孩，你們會站在好幾個人一起發動攻擊的冒險者那邊吧。」

「那倒是。」

「那不就是站在身為一般市民的我這邊嗎？」

嗯，雖然我不是這個城市的市民。

男人搔了搔頭，煩惱著。

「結果妳到底想要做什麼？」

「公會的登記，還有就是取消這些傢伙的登記吧。」

「我可以許可妳的登記，但我不能取消這些傢伙的。」

「為什麼？他們都說自己沒有實力所以低著頭求你讓他們辭職了，這樣還不能辭職啊。冒險者公會就這麼沒有自由嗎？」

「怎麼了，你們想要辭掉冒險者的工作嗎！」

他向倒在地上但還有意識的冒險者們發問。

男人們只露出了模稜兩可的表情，不願回答。

「他們說了。他們說像我這種沒有實力的人當不成冒險者，如果輸給像我這麼弱的人，他們就不幹冒險者了。」

「你們說過這種話嗎？」

有幾個冒險者點了點頭。

「我知道這些傢伙是一群笨蛋了。」

「是嗎？那太好了。那麼就拜託你們處理我和他們的手續了。」

「我再問一次，你們想要辭職嗎？如果不回答，就閉上嘴把公會卡留在這裡。」

「「「「真的非常抱歉！」」」」

受了傷的冒險者低頭說道。

「可以請妳原諒這些傢伙嗎？」

「是可以，不過我有個要求。」

「好吧。妳說說看。」

「我希望你們可以保證以後我進到公會裡的時候，不會被其他的冒險者找碴。如果發生什麼麻煩事，希望公會可以出面處理。」

「我知道了。妳和冒險者之間的爭執，公會會負責處理。」

「那我就沒話說了。」

6 熊熊辦理公會卡。職業是熊

從訓練場回來後，我請公會幫我辦理公會卡。

「那麼為了進行登記，麻煩您填寫姓名、出生年月日、職業。」

幫冒險者們做好治療的安排以後，海倫小姐就來承辦我的申請了。

她的臉上顯露著疲勞。

我要強調這不是我的錯。

「出生年月日？」

「是的，我們需要您的出生年月日來確認年齡。」

「不能只寫年齡嗎？」

「那樣的話，即使到了生日，公會卡的年齡也不會增加。」

對喔，如果只有年齡的話，就會變成永遠的十八歲了。

可是，出生年月日要怎麼辦呢？

因為技能中有異世界文字，所以直接寫就沒問題了嗎？

總之，我決定用日文在姓名欄填入「優奈」。

然後試著填寫在日本出生的西元日期。

看到這些資料的海倫小姐說：

「原來優奈小姐是十五歲。」

好像真的可以溝通。

不愧是奇幻世界。

接下來是職業的欄位。

「職業？」

「遇到要募集同伴或有條件限制的委託時，可以作為參考。」

「同伴？」

會對「同伴」這個詞彙產生反應，並不是因為我老是一個人。

我才不是沒有好友的人呢。

只是很少而已啦。

不是零喔。

我在遊戲裡面玩的是魔法劍士。因為我大多是獨來獨往，所以為了在遇到只有物理攻擊才有效的魔物和只有魔法才能打倒的魔物時都可以戰鬥，才會選擇魔法劍士。

只不過，因為魔法劍士是兩種能力都沒有特別強的職業，所以在組隊遊玩的情況下不太受歡迎。

物理攻擊力較高的是劍士，而需要魔法攻擊的時候則會選擇讓魔法師加入隊伍。

所以，身為魔法劍士的我只不過是不想要給別人添麻煩才不加入隊伍。

不是因為沒有人找我啦。

「因為我不需要，可以不要寫嗎？」

「如果您願意寫的話，我們會比較方便。」

「嗯～～」

不過，我現在的職業不是魔法劍士，寫一下也沒關係，但現在的我到底是什麼職業？

我不會使用魔法，也沒有拿劍。格鬥家？

所以正確來說不是我不想寫，而是我寫不出來。

雖然我覺得天上好像有個聲音說「妳的職業不就是熊嗎？」，但我實在不想聽。

　姓名：優奈
　出生年月日：西元２０＊＊年＊月＊日
　職業：熊

我寫下去了。

海倫小姐用覺得可疑的表情盯著我。

但可能是想要趕快結束這件事，她什麼也沒有多說。

「那麼，請您將手放在這塊水晶板上。」

這和城門的水晶板是同樣的東西。

他們好像會用這個東西來確認魔力，魔力是會因人而異的東西嗎？會不會就像指紋一樣，每個人都有不一樣的魔力波長之類的東西？

在我想著這種事的時候，海倫小姐仍繼續操作著水晶板。

「因為登記上需要一點時間，所以我會在這段時間內進行公會的說明。公會卡上會記載著優奈小姐的資料，裡面會記錄著冒險者階級、接受的委託數量、委託的內容、成功數、失敗數、現在承接的委託。任何一個公會都可以看到這些資料。」

原來如此，失敗數也會登記進去啊。畢竟人家也不會想要委託經常失敗的冒險者嘛。

「沒有魔物狩獵紀錄什麼的嗎？」

「是的，沒有。因為那種紀錄並沒有意義。」

「……？」

「就算將狩獵部位的魔石帶過來，也沒有辦法判斷那是一個人還是一百個人打倒的。所以沒有辦法用來評估那個人的實力。」

這樣啊，原來這裡並不像遊戲一樣，在打倒魔物之後會自動記錄數量。

如果有一萬個人和龍戰鬥，卻只有撿到尾刀的那個人得到狩獵紀錄，同伴應該會吵架；而如果反過來讓這一萬個人都得到狩獵紀錄，感覺好像也沒有什麼參考價值。

而且委託的成敗好像是由公會用人工的方式認定。

「那麼，接下來進行公會階級的說明。階級從F開始，往上依序是E、D、C、B、A、S。階級的提升會考量委託的成功數與失敗數，如果失敗數多，階級就不會提升，所以承接委託的時候請選擇適合自身能力的委託。另外，持續承接同樣階級的委託也不會提升階級。」

「什麼意思？」

「冒險者可以承接到高一個階級的委託。因此，階級F的優奈小姐就算承接了幾百次階級F的委託，也沒有辦法提升階級。」

「也就是說，只要完成高一個階級的委託，成功之後就可以提升階級對吧。」

「標準是將高一個階級的委託完成十次以上。然後，最後將由公會作出判斷。」

「如果我和階級比較高的人合作來達成委託目標的話，會怎麼樣？」

「這部分的說明會比較瑣碎，承接委託的時候會請所有成員出示公會卡。如果隊伍中有高階級的會員，合格標準就會提高。」

「這話怎麼說？」

「要完成委託的次數會增加。假如階級D的人為了提升到階級C，而和階級C的冒險者一起執行委託的話，就會需要達成目標二十次以上。如果是請階級S的人幫忙，不管完成多少次委託都不能夠提升階級。」

「如果有人偷偷來呢?」

「那就超出我們的能力範圍了,這會牽扯到那個人的道德問題。不過,貴族之中有人會使用優奈小姐所說的方法來提高階級的確是事實。」

簡單來說,就是用錢僱用階級高的人來提升自己的階級吧。

僱用高階級冒險者大概會需要支付高額費用,所以是普通的冒險者做不到的方法。

「還有最後一件事,這張卡片只有優奈小姐能夠使用。若是遺失,公會會收取十枚銀幣作為補發的手續費。」

我收下最後完成的銀色卡片。

卡片上面——

姓名:優奈

年齡:15歲

職業:熊

冒險者階級:F

只有寫著這些資訊。

可是,這位櫃台小姐還真的在我的職業欄上填上了「熊」。

我望向海倫小姐，發現她臉上帶著滿滿的笑意。

「委託案件會張貼在這裡的告示板上。如果您找到自己想要承接的委託，就請將委託書拿到櫃台這邊。」

我看過去，發現告示板前已經擠滿人了。

不過，也有些告示板前面沒有人。

「那裡是？」

「那邊的告示板張貼的是高階級的委託。」

原來如此啊。

「請問您還有其他的問題嗎？」

「現在應該還沒有。如果有什麼想要知道的事，我會再過來問妳。」

「那麼，您今天要承接委託嗎？」

「我打算暫時到城市裡探索一下，因為我昨天才剛來到這座城市嘛。」

我一走出公會就遇到了菲娜。

「菲娜，妳怎麼來了？」

「因為我有點擔心優奈姊姊。」

「喔，抱歉讓妳擔心了。我已經好好地完成登記了，沒問題。那麼，菲娜妳有找到工作

嗎？」

「沒有，大部分的冒險者都自己肢解後再把魔物帶過去。因為那樣可以賣到比較好的價錢，沒有經過肢解的魔物很少。」

「是嗎？」

我可不想要肢解魔物。

就算價格降低也沒關係，我打算不肢解就帶過來。

因為我有熊熊道具箱，所以打倒魔物之後就可以直接拿到這裡來。

生活在現代的家裡蹲本來就不可能會肢解動物或魔物。

我摸摸菲娜的頭和她道別，正要去探索城市，卻又改變了主意。

「啊，對了。菲娜，妳有空吧？」

「是的，因為我今天在其他的地方也沒有工作。」

「妳今天一天可以幫我在城市裡帶路嗎？雖然我不知道菲娜妳一天都可以賺多少錢，但一枚銀幣外加午餐的報酬妳覺得怎麼樣？」

「昨天也是，這樣真的太多了。十歲的小孩子一天根本賺不到銀幣。」

「那今天就當作特別優待。而且等到我了解這座城市，這份工作就沒有了喔。」

我溫柔地撫摸她的頭。

我並沒有妹妹，如果有的話或許就是這種感覺吧。

「謝謝優奈姊姊。」

「那我們走吧。首先，可以告訴我妳推薦的武器店嗎？」

我請她帶我到其中一個目的地——武器店。

7 熊熊來到武器店

在請菲娜帶路之前，我確認了自己的狀態。
熊熊鐵拳的威力都上升了，我總覺得自己的等級應該也有提升。

姓名：優奈
年齡：15歲
等級：8
技能：異世界語言、異世界文字、熊熊異次元箱、熊熊觀察眼

裝備
右手：黑熊手套（不可轉讓）
左手：白熊手套（不可轉讓）
右腳：黑熊鞋子（不可轉讓）
左腳：白熊鞋子（不可轉讓）

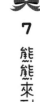

衣服：黑白熊服裝（不可轉讓）
內衣：熊熊內衣（不可轉讓）

等級果然提升了。
另外，還增加了奇怪的技能。

熊熊觀察眼
透過黑白熊服裝的連衣帽上的熊熊眼睛，可以看見武器或道具的效果。
不戴上連衣帽就無法發揮效果。

雖然這是個非～～～常有用的技能，但是為什麼升級的是我，學到技能的卻是熊啊！
如果想要在這個世界生活下去，我搞不好一輩子都得打扮成熊的樣子了。
「優奈姊姊？」
「啊，抱歉。沒什麼事。那我們走吧。」
我在菲娜的帶領下前往武器店。
「優奈姊姊要買什麼樣的武器？」
「嗯～～我還沒有決定，總之就先買劍和小刀好了。」

「這麼說來，優奈姊姊沒有帶武器嗎？」
「有啊（有檜木棒）。」
「也對喔，怎麼可能有人會不帶武器就走在森林裡嘛。那為什麼還要去武器店呢？」
「那、那是因為，說不定店裡可以挖到寶嘛，而且也有可能找到適合自己的武器。對了，等一下要去的武器店是什麼樣的地方？」
祕技！「覺得困擾的時候就轉移話題！」
「是戈德先生開的武器店。」
「戈德先生？」
「他是負責管理保管在公會的武器的人。我拿的小刀也是戈德先生給我的喔。」
「他給妳的？他真是個好人呢。」
「他說『這是要丟掉的東西，拿去。』然後就給我了。」
傲嬌？
「而且我去看公會保管的武器時，他也說是『順便』就幫我把小刀磨利了喔。」
果然是傲嬌。
「就是這裡。」
菲娜在一棟建築物前停下腳步。

這裡有畫著刀劍圖案的招牌。

裡面沒有賣防具嗎？

一靠近這家店，就可以從裡面聽到鏘鏘鏘的聲音。

也許是在製作武器吧。

我跟在菲娜後面走進店內。

於是，有一個矮個子的女孩前來迎接。

說到武器店就想到矮人，她是矮人嗎？還是普通的小孩子？

我不知道該怎麼判斷才好。

「哎呀，菲娜妹妹，歡迎光臨。妳是來磨小刀的嗎？」

「不是的，我今天負責幫優奈姊姊帶路。因為大姊姊好像想要買武器，所以我就介紹了戈德先生的店。」

「哎呀，原來妳幫我們介紹客人來了呀。謝謝妳喔。」

「優奈姊姊。這位是戈德先生的老婆，妮爾特小姐。」

很好，確定是矮人了！

要不然就是有戀童癖的罪犯。

「我說妳，是不是有用奇怪的眼光看我？」

「不，我只是在想妳是不是矮人。」

「是呀，我是矮人。妳該不會沒有見過矮人吧？」

「是，我第一次見到。」

合法蘿莉。

因為我是女生，所以沒關係。

如果來到這個世界的不是我而是蘿莉控的話，矮人就危險了。

「那就難怪了，打扮稀奇的小姑娘。」

「我是優奈，請妳多多指教。」

「話說回來，妳想要什麼樣的武器？」

「我還沒有決定，可以先讓我看看這裡的武器嗎？」

「妳是初學者啊。當然可以嘍，我老公現在抽不開身，所以沒辦法來見妳，不過妳可以慢慢看沒關係。」

店內深處傳來鏘鏘的聲音。

他應該是在工作吧。

算了，只是要買劍的話也沒有必要見面。

菲娜露出了很遺憾的表情。

她應該很想見他吧。

因為得到了老闆娘的許可，我開始看店內陳列的武器。

我試著拿起附近的一把劍。
不會……很重？
是因為有熊熊手套嗎？
我將熊熊手套脫掉再試著拿起這把劍。
很好！我根本舉不動！
拿是拿得起來，但也只能拿著。我沒有辦法把劍舉起來揮舞。
我重新戴起熊熊手套拿劍。
好輕……
我已經沒有熊就活不下去了。
我順便試著使用了熊熊觀察眼。

鐵劍

技能：無

我也同樣確認了其他的劍。

鐵劍

技能：無
鐵劍
技能：無
鐵劍
技能：無

這裡只有同樣的東西，不一樣的地方頂多是形狀或長度。
而且竟然沒有技能，普通的劍全都是這樣的嗎？
雖然這裡沒有賣爛東西，但也挖不到寶。
如果是遊戲或小說的話，就會有傳說中的生鏽寶劍之類的東西。
難得的觀察眼技能也派不上用場。
總而言之，我決定選擇單手方便拿取的劍。

鐵劍
技能：無

因為我不知道哪一把比較好，所以就決定外觀看起來還不錯的這把劍了。

「另外，我還想要看看小刀。」

「是要肢解用的嗎？」

「也有那個目的，但應該說是投擲用的小刀吧。」

我想要用小刀代替石頭來投擲。

妮爾特小姐拿了小巧的刀子給我看。

「請問有一百支嗎？」

「要那麼多呀？」

「是的，如果沒有那麼多，請給我全部的存貨。」

「有是有，妳稍微等我一下。東西放在後面，我去拿過來。不過，妳真的會用到一百支嗎？」

「因為用來打倒魔物很方便。」

「就算小刀很便宜，這樣不會買太多了嗎？」

「很便宜嗎？」

「因為投擲用小刀基本上大多是用完即丟，所以都是用鐵屑來製作。妳想想看，在森林裡，人和魔物是一邊移動一邊戰鬥的。如果投擲用小刀是刺在獵物上就算了，也有可能會被彈開或是沒有打中，甚至是在刺中後又脫落。那樣的話，就不知道投擲用小刀掉在哪裡了對吧？因此，投擲用小刀基本上都是用完即丟的，所以我才會問妳是不是要用來肢解。當然也有戰鬥用的小刀

嘍。」

或許是知道我是剛入行的冒險者，她很仔細地告訴我這些事。

真是太令人感激了。

「另外，還是給我一把肢解用的小刀好了。」

「沒問題。」

她拿出了看起來比投擲用小刀更銳利的小刀。

也許我根本用不到，但我還是決定購入以備不時之需。

「我看看，總共是……」

我從白熊手套中取出指定的金額。

妮爾特小姐收下這些錢以後，就從後面的房間來回幾次將小刀搬了過來。

「所以，妳要什麼時候來取貨？」

「我現在就可以帶回去。」

我將一百支小刀全部收進熊的嘴巴裡。

最後再將劍和肢解用的小刀收起來。

「那個熊娃娃是道具袋嗎？」

她一臉驚訝地看著我手上的熊。

「道具袋？」

我對不熟悉的名詞表示疑惑。

「道具袋就是道具袋呀。雖然每個袋子都各有限制，但都是可以把東西放進去帶著走的方便袋子。對商人或我們鐵匠這種要處理笨重貨物的人來說，是很方便的袋子呢。」

「道具袋很稀有嗎？」

「妳連這種事都不知道呀。」

「這是認識（官方）的人送給我的東西，所以我不太清楚。」

「沒想到有人會那麼大方。要說這東西算不算稀有，其實也不算是特別稀有的東西。因為道具袋的價值要看它可以裝的量來決定。從小到大有各種尺寸，可以放的東西愈多，價值也就愈高。只是因為我第一次見到像小姑娘拿的這種熊造型道具袋，所以才會特別驚訝。」

這隻熊不知道有沒有道具限制。

不過，萬一裝不下，只要再去買別的道具袋就好。

當我在跟妮爾特小姐說話的時候，菲娜就很疑惑地對我開口搭話了：

「可是，優奈姊姊，既然有那麼方便的東西，搬野狼的時候為什麼不拿出來用呢？」

她應該是想起我們花時間搬運野狼素材時的事情了吧。

「那個時候我因為迷路所以太慌張，一時忘記了啦。」

我想不出要說些什麼，就隨便蒙混過關。

而且實際上因為剛來到異世界所以太慌張的確是事實。

我們買完了劍和投擲用小刀、肢解用小刀，然後走出武器店。

接下來就去買衣服（內衣）吧。

8 熊熊買東西

「優奈姊姊。」

「什麼事？」

「妳想要買什麼樣的衣服？」

「應該會先買可以穿在這套服裝裡面的衣服吧。」

我拉了拉熊熊服裝。

這裡面穿的是內衣。

我想要至少買一件襯衫。

「那個……其實有比較貴和比較便宜的店。」

「我都可以啊，有什麼不同嗎？」

「比較貴的店賣的是貴族大人穿的那種衣服。雖然我沒有進去過，不過價格很高，所以品質好像很好。便宜的店賣的衣服是普通市民買得起的價格。其他還有賣二手衣的店，那裡有時候可以挖到寶，所以我也會去逛。大姊姊覺得呢？」

以我個人來說，就算去比較貴的店也沒關係，不過菲娜說明比較貴的店時，表情看起來的感

覺不太好。是有什麼原因啊？例如很挑客人之類的？我重新思考自己的這副模樣，覺得有可能會遭到店家拒絕入內。那就去普通的店好了。

這次就先不去看二手衣了。

「妳可以先帶我去普通的店嗎？我等一下再考慮要不要去其他的店。」

我跟著菲娜來到服裝店。

一走進門，就有個二十五歲左右的女性來招呼我們。

她看見我的服裝，一瞬間露出呆掉的表情，但又馬上變回笑容接待我們。

「歡迎光臨。請問今天要找什麼樣的衣服呢？」

「我想稍微看一下內衣和衣服。」

「內衣放在那邊比較裡面的位置。衣服的話，要提醒您一下，我們店內沒有客人現在穿的這種服裝……」

我幹嘛要買好幾件這種衣服啊！

「我想要隨便逛逛，沒關係。」

我離開店員身邊，和菲娜一起走到更裡面。首先要看的是內衣。

我必須從熊熊內褲畢業。

我接著問了菲娜的意見，請她幫我挑選樸素的衣服。

就結果來說，我買了內褲。

衣服則是買了可以穿在熊熊服裝裡面的類似襯衫的服裝，還有家居服。

「菲娜，謝謝妳喔。」

「不會，幸好有買到衣服。接下來要做什麼呢？」

「就去書店或圖書館好了，這座城市有嗎？」

「城裡有書店，但是沒有圖書館。我曾經聽其他的冒險者說過王都好像有圖書館。」

「那就去書店好了。可是在那之前先吃午餐吧，妳有沒有推薦的店？」

「我想想，哪一家店都可以嗎？」

「可以啊。」

「這樣的話，我想要吃優奈姊姊現在住的旅館裡的料理。我聽說那裡的飯菜很好吃，我從來沒有吃過。」

「旅館？」

「是的，因為住宿的冒險者經常出外工作不在旅館裡，所以他們在中午的時候會服務一般的客人喔。」

「是喔，那我們走吧。」

菲娜很高興地朝旅館前進。

我們一到旅館，裡面就已經坐滿客人了。
香噴噴的味道在店內飄散。
「歡迎光臨。哎呀，優奈小姐，您已經回來了呀？」
端著空盤的艾蕾娜小姐注意到我們，便走過來接待。
「我們是來吃午餐的。」
「午餐要另外付費喔。」
「沒關係。我們有兩個人，還有空位嗎？」
「現在剛好客滿，再稍等一下就會有空位了。」
我想也是，那就到房間裡吃好了。
「料理可以馬上準備好嗎？」
「是，沒有問題。因為幾乎都已經做好了。」
「那我可以在自己的房間裡吃嗎？」
「是的，可以。」
「那我就挑選菜色嘍。菲娜，妳可以選自己想吃的東西。」
「真的可以嗎？」
菲娜有點客氣地說。

「可以啦。吃完以後還要請妳帶我到書店，這是妳應得的報酬。」

「謝謝優奈姊姊。那麼……」

我們在房間裡等了一段時間，艾蕾娜小姐就把餐點端過來了。

「讓兩位久等了。」

「謝謝。」

我從艾蕾娜小姐手中接過菜餚。食物冒著熱煙，看起來非常美味。

「用完餐以後，麻煩您將空盤拿到樓下來。」

「了解，我們吃完就拿下去。」

「不好意思，麻煩您了。」

我將看起來很可口的菜餚擺到桌子上。

有鬆軟的麵包和肉料理，也有沙拉。

話說回來，這個世界不知道有沒有米。

我畢竟是日本人，真想吃米飯、醬油還有味噌。

現在還只是第二天所以沒關係，可是以後一定會想要吃。

「菲娜，快點趁熱吃吧。」

「是。」

菲娜很高興地抓起麵包。

「麵包好軟喔～～肉也好好吃。」

「嗯，很好吃呢。」

菲娜吃飯的手停了下來。

「怎麼了？」

「那個……」

「什麼事？」

「我可以把這些料理留一半帶回家嗎？」

「為什麼？」

「我家裡還有妹妹和媽媽，我希望她們也可以吃到。」

她這麼說完，凝視著眼前的餐點。

雖然我沒有家人，但我想要好好對待菲娜的這份心意。

「可以啊，但妳把這些吃光吧。我等一下再多叫兩人份……不，三人份的餐點給妳帶回去。」

「可以嗎？」

「今天是特別優待，明天可就沒有了喔。所以妳不用放在心上。」

「嗯，謝謝妳，優奈姊姊。」

我們吃完料理，將空的餐盤拿去給艾蕾娜小姐。並且拜託她在晚餐時間準備好三人份的外帶餐點。

填飽肚子的我們馬上動身前往書店。

方向好像和武器店剛好相反。

路上行人的視線還是一樣聚集在我身上，但我不去在意，繼續前進。

雖然我有考慮穿上買來的衣服，但畢竟也發生過公會那種事。直到確定安全以前，我都不能脫掉這套熊熊裝備。

我們來到書店。

一走進去，就可以看到店內堆積著大量的書本。

書架放不下的書好像就在地上推起了一座座高山。

要在這裡面找書應該相當辛苦。

「歡迎光臨。」

有個老婆婆向我們搭話。

「婆婆，妳不整理這些書嗎？」

「嗯，我都知道東西放在哪裡，沒關係啦。妳有什麼想要找的書就告訴我吧。」

「真的嗎？那麼，我要介紹這個世界的怪物的書，還有魔法的書，如果有地圖的話就更好

了。」

「等我一下喔。」

老婆婆走進狹窄的店內深處。

等了一陣子，老婆婆就拿著書回來了。

「這本和這本就是怪物的書。」

她將兩本書交給我。

「這本介紹的是普通的怪物。另一本是介紹傳說等級的怪物，妳可能不需要這本吧。」

「兩本都給我吧。」

「這樣啊。然後，這本就是魔法書。只有初學者用的。」

「這本也要。」

「地圖只有這座城市附近的範圍，更好的地圖要到王都才找得到了。」

一張紙遞了過來。

「這樣就夠了。」

我付了錢，走出書店。

本來以為會花更多時間，結果多虧婆婆的幫忙，只花了幾分鐘就搞定了。

這樣一來就達成最低限度的目的了。

「優奈姊姊，接下來要做什麼呢？」

我稍微煩惱了一下。

「嗯。多虧有妳在，我都買齊想要的東西了，我決定回旅館看書。而且在城裡到處走，妳應該也累了吧。」

因為有熊熊鞋子的關係，我不會感到疲勞。要是沒有這雙鞋子的話，憑一個家裡蹲的體力，大概會累倒在武器店吧。

「我完全沒問題喔。」

不過，菲娜好像很有精神。

她果然和家裡蹲不一樣。

「所以，菲娜妳打算怎麼辦？」

「雖然有點早，但是跟艾蕾娜小姐拿到餐點之後，我就要回家了。」

「這樣啊，那這是今天的報酬。」

我將一枚銀幣交給菲娜。

「可以嗎？優奈姊姊都幫我叫了晚餐了。」

「我就說了，只有今天嘛。」

「謝謝妳，大姊姊。」

我到旅館以後與菲娜道別，因為距離晚餐還有一點時間，我回到了單人房。

我從熊熊箱中取出書本和地圖。

我先看了地圖。

這就是我一開始待的那片森林吧。

距離城市稍遠的位置有一座森林。

如果走上和森林相反方向的路，好像就可以通往王都。

看著這張地圖也抓不太到距離感，不知道會不會很遠？

下次去看看王都或許也不錯。

附近好像有幾個村子。

我把幾個顯眼的地點烙印在腦海裡。

如果有更詳細的地圖就好了。

要是有像遊戲一樣的地圖繪製功能就更方便了。

我接著取出魔法書。

書的標題寫著初級魔法。

其他還有中級和高級嗎？

到王都就可以買到了嗎？

我翻著書頁，開始閱讀。

喔嗯喔嗯。

嗯嗯嗯嗯。

原來如此。

「總之先試試看吧，首先要聚集魔力。」

我試著用和遊戲一樣的感覺去做。

玩遊戲的時候，只要在手上集中魔力，再詠唱咒語就可以發動。

集中在右手就會從右手發動，集中在左手就會從左手發動魔法。

我認識的人的認識的人是左右開弓的玩家，可以靈活地運用雙手分別施展魔法的事蹟還掀起了一陣話題呢。

我嗎？我是很普遍的右撇子喔。

所以，我試著用右手聚集魔力。

然後在聚集起來的時候詠唱咒語：

「光之術。」

房間裡有一顆光球？……飄浮起來了。

比起成功施展魔法的感動，光球的形狀更是讓我在意得不得了。

不會錯，這顆光球並不是球體。

形狀就像是熊的頭。

我有種不好的預感，於是打開狀態視窗。

姓名：優奈
年齡：15歲
等級：8
技能：異世界語言、異世界文字、熊熊異次元箱、熊熊觀察眼
魔法：熊熊之光

裝備
右手：黑熊手套（不可轉讓）
左手：白熊手套（不可轉讓）
右腳：黑熊鞋子（不可轉讓）
左腳：白熊鞋子（不可轉讓）
衣服：黑白熊服裝（不可轉讓）
內衣：熊熊內衣（不可轉讓）

除了技能之外，還追加了魔法的項目。

熊熊之光

藉由聚集在熊熊手套上的魔力，可以產生熊熊形狀的光球。

呃，這上面寫熊熊手套，意思是沒有手套就不能使用魔法嗎？

我試著把熊熊手套脫掉，像剛才一樣念出「光之術」。

就像我預料的一樣，沒有光球跑出來。

我已經和熊熊裝合為一體了。

我將眼睛圓滾滾的熊熊手套重新戴起來。

雖然我也想練習攻擊魔法，但實在不能在旅館裡面進行。

我決定今天只閱讀魔法書，將知識裝到腦袋裡。

我在晚餐時間走到一樓，享用美味的餐點。

我洗了澡，變身成白熊，為了消除今天的疲勞而鑽進被窩。

「晚安──」

9 菲娜與熊熊 其一

媽媽的藥吃完了。

我已經沒有錢可以買藥了。

我的家裡有媽媽和小我三歲的妹妹。

我沒有爸爸。

他好像在妹妹還在媽媽肚子裡的時候就去世了。

我對他沒有什麼印象。

媽媽因為生病，沒有辦法工作。

我會代替她努力工作。

可是，十歲的我能做到的事情並不多。

我偶爾會到公會幫忙根茲叔叔做肢解的工作。

根茲叔叔好像是媽媽的熟人。

他總是對我很好。

他不久前曾經送我對媽媽的病有效的藥。

在那之前也是……

我不可以繼續麻煩人家了。

為了生病的媽媽，我只能去城外採可以做藥的藥草了。

我在公會曾經看過好幾次藥草，我知道需要什麼素材。

我來到城外。

直接往長有藥草的森林前進。

如果跑到深處就會遇見魔物，所以我決定在森林的入口附近尋找。

但實在是找不到。

我決定再往深處走一點。

找到了！

這樣就可以讓媽媽吃到藥了。

因為我太專心採藥草，所以沒有發現。

我被三隻野狼包圍了。

我沒有辦法打倒牠們。

快逃跑。

因為雙腳發抖，我跌倒了。

我已經不行了。

「誰來、救救我……」

野狼愈靠愈近。

當我以為自己完蛋了的時候，三隻野狼就發出慘叫倒了下來。

而且只在一瞬間。

為什麼？

森林中出現一個穿著黑色衣服的人（？）。

不知道為什麼，對方的打扮是熊的樣子。

「妳沒事吧？」

那個人向我搭話了。

「非、非常謝謝妳？」

「為什麼是疑問句？」

救了我的人是一位打扮成可愛熊熊的小姐。

所以，我忍不住對她開玩笑：

「妳會吃掉我嗎？」

「我才不會。」

「妳是熊嗎？」

聽到我提出更加奇怪的問題，穿著可愛熊熊服裝的小姐就將戴在頭上的連衣帽放了下來。

連衣帽下面是一頭漂亮的長髮。

可能是因為放心的關係，我露出笑容。

打扮成熊的女性叫做優奈小姐，她是個留著黑髮的美麗大姊姊。

因為她實在太漂亮，我嚇了一跳。

我從來沒有見過這樣的美女。

優奈姊姊好像是來自其他的國家，在森林裡迷了路。

我很感謝這偶然的相遇。

為了報答她救了我，我要帶她回到城裡。

優奈姊姊打算把野狼留在原地，直接走掉。

請等一下。

野狼的肉和毛皮都可以賣錢。

牠們的肉非——常地好吃。

我一這麼說明，優奈姊姊就說她不會肢解。

她會不會是某戶人家的千金小姐呢？

只要看到隱藏在那頂熊熊連衣帽之下的美貌，我就可以理解了。

我取得優奈姊姊的同意，開始肢解野狼。

而且，她好像還願意將賣到的金額分給我一半。

這些錢可以當作好幾天的餐費。

我真的很高興。

肢解完以後，我們就要回去城裡了。

優奈姊姊好像有很多不知道的事。

她問了我很多問題。

說不定她真的是某個地方的貴族千金。

我們進城之後，到公會去賣掉野狼的素材。

我被根茲叔叔罵了。

因為我讓人家擔心，所以也沒辦法。

我留下分量不至於壞掉的野狼肉，把毛皮和其他的肉賣掉。

當然了，我是經過優奈姊姊的同意才把肉帶回家的喔。

好久沒有吃到肉了。

真是感謝優奈姊姊。

我準備將賣掉野狼的錢分一半給優奈姊姊。

可是她沒有收下，還拜託我帶她去旅館。

我向優奈姊姊道謝，然後帶她去旅館。

地點在我的家和公會之間。
這裡一到吃飯時間，總是會飄出很香的味道。
因為評價也不錯，所以我決定介紹這裡。
在前往旅館的路上，我們受到很多注目。
應該是因為優奈姊姊的打扮很稀奇吧。
如果有打扮得這麼奇怪的人走在街上，我也一定會去看。
雖然有點不好意思，但優奈姊姊是我的救命恩人，也是我的老闆。
這麼一點目光根本不算什麼。
我帶優奈姊姊到旅館，再對她道謝然後回家。

我用藥草做了藥。
因為我不是專家，所以沒辦法做出品質很好的藥。
可是，這樣也可以稍微控制住媽媽的病情。
我用好久沒吃的肉類料理幫媽媽補充營養。
今天也賺到了錢。
從明天開始就可以買一點比較有營養的食物了。
真是感謝優奈姊姊。

隔天，我早早就起床。

然後是每天都要做的事。

我要到公會去問有沒有肢解的工作。

我經過的路上有介紹給優奈姊姊的旅館。

好想再對她道謝一次喔。

可是，走進旅館又可能會給人家添麻煩。

當我想著這些事情的時候，就有一隻黑熊走出來了。

是優奈姊姊。

我再一次向她道謝。

她反過來謝謝我介紹了一間好旅館給她。

優奈姊姊好像想要去公會辦公會卡。因為我也要去，所以我們就一起去了。

雖然我很想牽她的手，但還是忍住了。

她手上的熊熊看起來好柔軟。希望有一天可以捏捏看。

我們一到公會，我就為了去根茲叔叔那裡而向優奈姊姊道別。

很可惜今天沒有工作。

當我準備放棄然後回家的時候，公會裡面就開始吵鬧起來。

從裡面傳出的聲音聽起來，好像是優奈姊姊要和冒險者戰鬥的樣子。
為什麼會發生這種事呢？
我趕緊前往訓練場。
然後，優奈姊姊就帶著笑容朝我跑過來。
因為她說想要跟我借小刀，我就把小刀借給她了。
我沒有理由拒絕。

他們進行了比賽。
優奈姊姊壓倒性獲勝。
熊熊鐵拳好厲害。
結果根本用不到小刀。
比賽結束之後，優奈姊姊將小刀還給我。
優奈姊姊為了辦理公會卡，走進了公會裡面。
因為我很擔心，所以在公會外面等她。
這次沒有遇到什麼麻煩，她出來了。
太好了。
我將今天沒有工作的事情告訴優奈姊姊，她就拜託我在城內負責帶路。

而且好像還會給我報酬。

我對優奈姊姊已經感謝到睡覺時不敢把腳朝向她了。

我回家之後一定要確認一下床的方向。

我們首先去了武器店。

優奈姊姊買了劍和一百支小刀。

她好像是個有錢人。

還有，她手上的熊熊好像是道具袋。

真令人驚訝。

接下來我們去了服裝店。

優奈姊姊會不會是對衣服沒有什麼品味呢？

她拜託我幫她挑衣服。

那件熊熊裝非常可愛，我覺得很好看，但她是不是不想再穿了呢？

接下來我們去吃午餐。

因為優奈姊姊說我可以選吃飯的地方，所以我就說我想要在介紹給她的旅館吃飯。

料理非常好吃。

優奈姊姊還幫我叫了媽媽和妹妹的晚餐。

我們吃完午餐之後去了書店。
挑選幾本書以後，今天的帶路工作就結束了。
沒想到會這麼快就結束。
優奈姊姊好像想要回旅館看書。
我下午的時間就空出來了。
我決定到旅館拿晚餐，然後早點回家。
媽媽和妹妹都非常高興。
希望明天也會發生好事。

10 熊熊的魔法練習

我一大早就起床，吃過飯之後前往城外。

這是為了練習不能在旅館施展的魔法。

「喔喔，之前那位打扮奇怪的小姑娘。妳要去外面嗎？」

守衛一看見我就靠了過來。

我記得他是前幾天進城的時候幫助我的人。

「嗯。來，公會卡。」

我出示公會卡，拿到水晶板上面。

要到城外的時候也要出示卡片，並拿到水晶板上面。

這是為了要在城門這個通往城市的出入口確認對方是不是犯罪者。

在城市裡犯罪，受到通緝的冒險者會有紀錄新增到登記於公會的資料裡，這個制度可以在城門的攔檢時抓到罪犯。

「妳當上冒險者啦。嗯，這個『職業：熊』是怎麼回事？」

他看著卡片發問。

「這你就別管了。」

「算了，反正也沒錯。」

他這麼說，撫摸著我的頭。

「喔，這隻熊摸起來真舒服。」

「真是的，不要這樣啦。」

我撥開他的手。

「啊，抱歉抱歉。外面很危險，小心一點喔。」

「我只是要到外面練習一下魔法。」

「這樣啊。也好，只要不跑到森林附近就不會遇到魔物。那裡偶爾會有落單的魔物跑過來喔。」

「嗯，我知道了。」

我接過公會卡，走到外面。

走了一段路，我確定附近沒有人影。

首先，我試著使用書上寫的身體強化魔法。

這並沒有多難。

似乎只要將魔力灌注到全身就可以了。

玩遊戲的時候，這就是戰士、劍士等戰鬥型職業會使用的技能。

雖然效果持續的時間很短，但是可以提升力量，所以是很受戰鬥型職業歡迎的技能。

我試著讓魔力在全身流動。

然後奔跑看看。

喔喔，好快。

我試著跳躍起來。

「哇啊啊啊啊啊！」

我輕輕鬆鬆就跳了十公尺高。

著地時卻不會痛。

是身體強化的功勞嗎？

我試著驗證各種事。

例如有使用與沒有使用身體強化的情況。

我一一驗證了衝刺、跳躍、熊熊鐵拳、熊熊飛踢。

威力毫無疑問有上升。

我試著確認自己的狀態。

姓名：優奈

年齡：15歲

等級：8
技能：異世界語言、異世界文字、熊熊異次元箱、熊熊觀察眼
魔法：熊熊之光、熊熊身體強化

裝備
右手：黑熊手套（不可轉讓）
左手：白熊手套（不可轉讓）
右腳：黑熊鞋子（不可轉讓）
左腳：白熊鞋子（不可轉讓）
衣服：黑白熊服裝（不可轉讓）
內衣：熊熊內衣（不可轉讓）

……………熊熊身體強化？

熊熊？

熊熊身體強化
將魔力灌注到熊熊裝備，就可以進行身體強化。

我不發一語地關掉狀態視窗。

假裝沒有看見，接著練習下一個魔法。

我無視熊熊身體強化，開始尋找可以練習攻擊魔法的場地。

森林的入口附近。

呃，這裡應該可以吧。

在這個世界使用魔法的方法是：

1.集中魔力

2.在心中想像出要使用的魔法

3.咒語

在遊戲裡是：

1.集中魔力

2.咒語

遊戲比較簡單。

因為只要集中魔力再詠唱咒語就好。

只要集中魔力，然後念出「火焰」就可以發動魔法。

在這個世界還需要想像。

可是如果是想像，玩過各種遊戲，看過各種漫畫和小說的我可說是毫無死角。

我在手上聚集魔力。

我在心中想像出猛烈燃燒的火球。

「火球術。」

很好，輕鬆地成功了。

熊的嘴巴叼著一顆火球。

我不覺得燙。

熊也沒有燒掉。

我伸長手臂，加上讓火球飛出去的想像。

我將目標設定為十公尺前的岩石。

火球從熊的嘴巴噴射出去，打到岩石上，將岩石破壞掉。

我試著集中魔力，只靠想像力製造出火球。

結果發現不需要詠唱也可以成功。

可是，開口喊出「火球術」比較容易想像，發動速度也比較快。

在遊戲中發動魔法時需要咒語，喊出咒語也比較容易發動魔法。

我接著嘗試使用水的魔法。

「水球術。」

和火一樣，出現一顆水球叼在熊的嘴巴裡。

我對岩石放出水球。

水球撞擊到岩石，讓岩石稍微受到破壞。

火的威力好像比較強。

那麼，就試著讓水結凍吧。

我想像出前端尖銳的形狀，對岩石施展魔法。

有冰槍從熊的嘴巴射了出去，破壞岩石。

森林裡不能使用火，使用冰就很方便呢。

火、水都用過了，接下來就是風和地了吧。

我讓風在戴著熊娃娃的手上環繞……

「風刃術。」

然後丟出風的刀刃。岩石被切開了。整個切成兩半。

接著是地的魔法。

式。

地魔法應該是防禦型吧。

玩遊戲的時候，說到地的魔法，就是使用現場的地面來製造出牆壁，用來防禦敵方攻擊的招式。

我將魔力聚集在熊身上，把手接觸地面。

在心中想像做出牆壁。

「壁盾術。」

土石隆起，組成了一道牆壁。

雖然不知道強度如何，但還是成功做出牆壁了。

這樣一來就稱霸火、水、風、地等四個屬性了。

我確認看看自己的狀態。

姓名：優奈
年齡：15歲
等級：8
技能：異世界語言、異世界文字、熊熊異次元箱、熊熊觀察眼
魔法：熊熊之光、熊熊身體強化、熊熊火屬性魔法、熊熊水屬性魔法、熊熊風屬性魔法、熊熊地屬性魔法

裝備

右手：黑熊手套（不可轉讓）

左手：白熊手套（不可轉讓）

右腳：黑熊鞋子（不可轉讓）

左腳：白熊鞋子（不可轉讓）

衣服：黑白熊服裝（不可轉讓）

內衣：熊熊內衣（不可轉讓）

果然還是全部都跟熊有關係。

熊熊火屬性魔法

藉由聚集在熊熊手套上的魔力，可以使用火屬性的魔法。

威力會與魔力、想像呈正比。

如果想像出熊的模樣，威力會變得更強。

熊熊水屬性魔法

藉由聚集在熊熊手套上的魔力，可以使用水屬性的魔法。
威力會與魔力、想像呈正比。
如果想像出熊的模樣，威力會變得更強。

熊熊風屬性魔法
藉由聚集在熊熊手套上的魔力，可以使用風屬性的魔法。
威力會與魔力、想像呈正比。
如果想像出熊的模樣，威力會變得更強。

熊熊地屬性魔法
藉由聚集在熊熊手套上的魔力，可以使用地屬性的魔法。
威力會與魔力、想像呈正比。
如果想像出熊的模樣，威力會變得更強。

就結論來說，沒有熊熊裝備就不能使用魔法。
我早就知道了。
我已經放棄了。

可是，有一段文字讓我很在意。

「如果想像出熊的模樣，威力會變得更強。」

什麼「想像出熊的模樣」啊。

為了實驗，我試著想像出燃燒成熊熊造型的火焰。

我的眼前出現了一隻燃燒得紅通通的火焰熊。

「呃……」

總之，我決定對比較大顆的岩石放出這隻熊。

岩石融化了。

是熔岩。

超危險。

這招魔法必須封印起來。

要是引發森林大火就糟糕了，我趕緊灑水滅火。

因為普通的水沒有辦法撲滅，所以我做出一隻水熊，總算是讓熔岩消失了。

好危險，好危險。

稍微休息了一陣子之後，

就有撥開草木的聲音從森林裡傳過來。

有一隻野狼出現了。

練習魔法的對手來了。

因為火屬性的魔法有可能會把森林燒掉，所以我決定使用水屬性的魔法。

我集中魔力，想像著細碎的冰。

「冰箭術。」

魔法刺中了野狼的頭。

頭上插著冰的野狼動也不動。

果然，這套熊熊裝備一定有輔助命中的效果。

上次的石頭也一樣，只要我瞄準目標就絕對可以打中。

反正很方便，算了。

我靠近野狼，將屍體收進熊熊箱裡。

雖然我不會肢解，但現在的我擁有熊熊箱。

我決定等一下再拿去賣掉。

「野狼啊……」

我稍微猶豫了一下，然後決定往森林深處走。

野狼說不定很適合拿來練習魔法。

在遊戲裡，牠們也是新手玩家的練習對象。

我利用熊熊鞋子的能力往森林起跑。

對鞋子灌注魔力之後，速度會加快，跳躍能力也會變強。多虧熊熊鞋子，著地時也不會感覺到衝擊。

熊熊裝備未免也太方便了吧！

我在森林中奔跑，有時候也會跳躍起來尋找野狼。

我跳起來往下看的時候，發現了一群野狼。

「好像有點多。」

如果打不贏的話就開溜吧。

我在野狼群的中央著地。

同時製造出三支冰之箭並射出去。

三支箭都刺中了野狼的頭頂。

同時射出三支還沒問題。

野狼從我後方發動攻擊。

「壁盾術。」

我一瞬間創造出一面土牆，野狼衝撞到土牆上。

這個瞬間，另外一隻野狼從右邊攻了過來。

「熊熊鐵～～拳。」

野狼被我打飛。

又一次，別隻野狼朝我撲過來。

「再來一記熊熊鐵拳。」

野狼飛了出去。

因為拉開了距離，我重新施展魔法。

熊熊鐵拳的威力毫無疑問有上升。

「風刃術。」

野狼被劈成兩半。

鮮血噴灑出來。

嗯，這實在是讓人不太舒服。

雖然有一半像是遊戲，但實際上還是現實世界。

以後還是不要用風刃術好了。

要打倒敵人的話，用冰比較好。

可是，我總有一天要習慣的吧。

我決定以後再思考討厭的事，今天專心練習魔法。

因為我的周圍還有其他野狼。

我高高跳起。

盡量做出我所能想像的最多冰箭。

數十支箭出現了。

我瞄準在地面上吠叫的野狼，朝狼群射出冰箭。

雖然沒辦法直接擊中頭頂，卻還是可以刺中身體。

數十隻野狼在一瞬之間倒地。

我降落到地面，對附近一隻野狼使出熊熊鐵拳。

然後不斷重複使用魔法和拳擊……

戰鬥結束了。

地面上散落著無數具野狼屍體。

我將這些屍體一具一具地收進熊熊箱裡。

要是可以像遊戲一樣，自動消失變成道具就好了。

我在打倒魔物的時候不會猶豫。

這是我在遊戲裡面就一直在做的事。

問題是打倒之後的血腥屍體。

只有這個地方和遊戲不一樣。

全部大概有四十具屍體。

因為我覺得有點精神疲勞，所以決定結束今天的魔法練習，回到城市裡。

11 熊熊變成階級E

回到城裡，我直接前往公會。

我又被衛兵大叔摸頭了。

真希望他不要再把我當成小孩子了。

我一進到公會裡，冒險者的視線就同時聚集到我身上。

可是只要我一看冒險者，他們就全都別開了目光。

因為沒有人對我說話，我便往櫃台走過去。

「優奈小姐，請問您今天有什麼事呢？」

海倫小姐對我出聲搭話，於是我走向海倫小姐的櫃台。

「我在森林打倒了野狼，這種情況下要怎麼辦？如果告示板上有委託書，接下工作之後就可以馬上算是委託成功嗎？」

「如果委託的內容只有狩獵的話，只要將作為狩獵證據的魔石帶過來就算是任務成功。只不過，必要條件是該魔石還在期限之內。」

「期限之內？」

「因為如果委託是在今天才提出，冒險者拿來的卻是一個月前狩獵到的魔石，會造成我們的困擾。」

「這種事判斷得出來嗎？」

「是的，可以喔。」

竟然可以。

不愧是異世界。

「狩獵野狼是常態性的委託，所以我們可以隨時受理。只不過，另外還必須提供肉與毛皮。肉會出現在餐廳或是一般家庭的餐桌上，是這個城市的糧食來源。毛皮也會使用在衣服等物品的製造上，所以這在公會是常態性的委託。」

「那可以麻煩妳給我野狼的委託嗎？」

「好的，只要有一隻野狼就可以晉升階級F。有三隻野狼就算是階級E。」

「奇怪，妳不是說可以打倒野狼就算是有階級E的實力了嗎？」

「是的，非常抱歉，正確的數量是三隻以上。因為只有一隻的話不足以成為戰鬥技巧的認證。」

「這樣啊。算了，反正我大概有四十隻，拜託妳了。」

「………呃，優奈小姐。您剛才說什麼？」

「我大概有四十隻，拜託妳了。」

我這麼一說，後面就傳來了竊竊私語的聲音。

「她說四十隻野狼耶。」

「開玩笑的吧。」

「要怎麼樣才能一個人打倒那麼多啊。」

「可是，這隻熊不就是之前那隻熊嗎？」

「是那隻熊吧。」

「那應該有可能吧。」

「如果是那隻熊就有可能。」

「我可沒有見過那隻熊戰鬥的樣子。」

「我見過。可千萬不要忤逆那隻熊啊。」

「我和那隻熊打過。真的會死人，我勸你不要。」

我聽到了這些話。

「不好意思，請問東西在哪裡呢？只有魔石的話是無法得到認可的。」

「雖然沒有經過肢解，但我有好好收進道具袋裡面喔。」

「您有道具袋嗎？而且還是可以放進四十隻野狼的大尺寸。那麼，不好意思，可以請您移駕到隔壁的建築物嗎？」

我跟在海倫小姐身後，前往隔壁的建築物。

我們的後面還跟著幾個男人。

可能是來參觀的人吧。

我被帶過來的地方是之前和菲娜一起賣掉野狼素材的場所。

我沒看到根茲先生，是另一位男性出來迎接我們。

從這裡看不出來他是在休息還是待在後面。

「海倫小姐，請問有什麼事嗎？」

男性職員注意到海倫小姐，往這裡走過來。

「有人將野狼帶過來了，請問方便嗎？」

「沒問題，倉庫那邊現在沒有在肢解其他魔物。」

「那麼，優奈小姐，麻煩您到這邊來。」

我從熊熊箱裡面將野狼屍體取出來。

我了解到一件事。

我發現就算不把手伸進白熊嘴巴裡也可以把東西拿出來。

只要將白熊那隻手對準櫃台，想著希望拿出來的道具（野狼），東西就會跑出來。

這真是方便。

可以不用碰到屍體讓我很高興。

這時我的後面……

「真的有四十隻野狼耶。」

「不愧是熊。」

「和那隻熊扯上關係就會變得和這些野狼一樣。」

「我想要被她揍看看。」

「我想要被她踩。」

最後那些話就努力假裝沒聽見吧。

「這些應該就是全部了吧。」

「優、優奈小姐，這些真的全部都是您一個人打倒的嗎？」

「練習魔法的時候順便打倒的。」

「咦，只是順便嗎……」

海倫小姐開始數野狼的數量。

「總共有四十二隻呢。」

「肉和毛皮的狀況好像都很好呢。另外我們也會收購魔石，請問可以嗎？」

「我是沒問題啦，野狼的魔石可以拿來用嗎？」

「是的，野狼的魔石雖然沒有什麼力量，但卻可以使用在各種用途上。只要附加光屬性就可以當作房間的照明，附加水屬性的話也可以產生水。」

在遊戲裡大多會將魔石附加在武器上，所以不是很強的魔石就沒什麼意義，不過這個世界連一般家庭的生活中也會用到魔石呢。

「接下來還要辦理手續，請您再回到公會中。」

我一回頭就看到冒險者們正在吵吵鬧鬧的，因為其中還有作出變態發言的冒險者，所以我無視他們，走進公會裡。

「那麼我會將您的案件視為階級E的委託來處理，可以向您借一下公會卡嗎？」

我將公會卡交出去。

接過公會卡的海倫小姐重新看著我。

「我可以請教一個問題嗎？」

「什麼問題？」

「請問那些野狼是一隻一隻打倒的嗎？」

「因為有狼群，我就把牠們打倒了。」

「四十隻的狼群嗎……那是階級D的委託呢。請您稍等一下。我去和公會會長商量看看。」

海倫小姐跑到後面，然後又馬上回來。

「這次的狩獵野狼將視為完成十四次的階級E委託，優奈小姐則會晉升為階級E。」

「這麼簡單沒關係嗎？」

「我已經取得公會會長的許可。因為您一個人達成了階級D的狩獵委託，所以資格非常充足。」

「階級D？」

「是的，狩獵三十隻以上的狼群屬於階級D。」

「算了，既然可以提升階級，我也沒有理由拒絕。」

「那麼，我來為您辦理手續。」

她在櫃台裡面操作著某種東西。

「首先，這些是您的報酬。裡面包含野狼的肉、毛皮、魔石，總共四十二隻的金額。不過，因為野狼沒有經過肢解，所以會扣除兩成的費用。」

菲娜所說的就是指這件事吧。

普通的冒險者好像會自己肢解過後再帶過來。

那兩成應該是肢解的工錢吧。

因為我已經事先聽菲娜說過，所以就點頭回應海倫小姐說的話，收下裝在皮革袋子裡的錢，然後放到熊熊箱裡面。

最後再把辦完手續的公會卡也收起來。

「這樣一來優奈小姐就提升到階級E了，請繼續加油。」

「謝謝。」

結束變賣之後，我回了旅館的房間一趟。

打倒了野狼，我覺得自己應該有升級，於是把狀態視窗打開來看看。

姓名：優奈
年齡：15歲
等級：13
技能：異世界語言、異世界文字、熊熊異次元箱、熊熊觀察眼、熊熊探測
魔法：熊熊之光、熊熊身體強化、熊熊火屬性魔法、熊熊水屬性魔法、熊熊風屬性魔法、
熊熊地屬性魔法

裝備
右手：黑熊手套（不可轉讓）
左手：白熊手套（不可轉讓）
右腳：黑熊鞋子（不可轉讓）
左腳：白熊鞋子（不可轉讓）
衣服：黑白熊服裝（不可轉讓）
內衣：熊熊內衣（不可轉讓）

增加了一個技能。

　熊熊探測

　　藉由熊的野性能力，可以探測到魔物或人類。

我記得這在遊戲裡是盜賊可以學到的技能。

熊竟然連這種技能都可以學會。

可是，有了這個技能就可以輕鬆找到魔物了。

12 熊熊又在公會被糾纏

隔天，我為了承接委託而一大早前往公會。
提早過去的理由是要找到好工作。
可以的話，能夠讓我練習魔法的狩獵型委託比較好。
再來最好是野狼以外的魔物。
我就是為了得到這種委託才一大早就出門的。

正當我悠閒地望著街道走在路上的時候，就有人從後方向我搭話了。
「優奈姊姊，早安。」
「菲娜，早安。妳今天也要去公會嗎？」
「是的，沒錯。優奈姊姊也要去公會嗎？」
「是啊，我想要試著去工作一下。」
「這樣呀，請小心不要受傷了喔。」
「菲娜也是，如果有工作就太好了。」

「對呀。」

菲娜一邊露出笑容，一邊握住我的手（熊）。

我沒有甩開，只是回握住她的手。

菲娜的笑容變得更加燦爛。

沒有姊妹的我說不定曾經很想要這樣的妹妹。

我和滿臉笑容的菲娜一邊聊天一邊走著，便逐漸開始看見公會。

「那我先去問工作了。」

「慢走喔。」

我目送菲娜離開，然後走進公會。

告示板前方已經聚集了一群人。

我是不是來晚了？

一個人注意到我，兩個人注意到我，愈來愈多人注意到我。

可是完全沒有人來找我說話。

才剛這麼想，就有人向我搭話了。

「就是妳嗎？那個打倒戴波拉尼先生的女人。」

有個男性冒險者對我說話。

他大概比我大個三四歲吧。

「……戴波拉尼？」

我歪著頭。

我不記得這個名字。

「那是誰？」

因為沒有頭緒，我這麼問道。

「就是妳吧。穿著熊的衣服，戴著熊的手套，腳上也穿著熊的鞋子，打扮得莫名其妙的那個女人。」

的確，就算找遍全世界，會打扮成這個樣子的人應該就只有我了吧。

如果有其他人我還真想看看。

「你剛才說戴波拉尼吧，雖然我不認識那個人，但你說的打扮成熊的女人應該是我沒錯。」

「都是因為妳，戴波拉尼先生才會受傷而無法工作。」

「你說的該不會是那個來找我碴的冒險者吧？」

我能猜到的也就只有那個人了。

「沒錯。」

啊，我想起來了。一開始來找我麻煩的男人好像就叫那個名字。

但這也不代表我有理由接受他人的怨言。

是不是該叫公會會長來呢？

畢竟他已經答應我，如果我受到別人的糾纏就會來處理。

「是叫戴波拉尼對吧，那隻哥布林來找我打架，我就奉陪了。然後那隻哥布林受傷了，就只是如此。我可沒有錯。而且不過是一隻哥布林受傷，沒必要那麼激動吧。」

「妳這傢伙，竟敢把戴波拉尼先生當成哥布林看待！」

「沒禮貌、欺善怕惡、聽不懂人話、沒有一大群人撐腰就什麼都做不到。這種人不管怎麼看都是哥布林吧。」

「少給我胡說八道！」

吵死了。

不用叫得那麼大聲我也聽得見啦。

「如果是那件事，結論應該是那個男人的錯吧。」

「戴波拉尼先生怎麼可能輸給妳這種奇怪的女人。」

「蘭滋，別說了。公會會長不是已經說明過了嗎？那不是她的錯。」

一名年約二十出頭的金髮女性介入男人和我之間。

她是個相當漂亮的苗條美女。

「可是，就是因為這傢伙，我們才不能完成委託的耶。」

「但你也知道這不是她的錯吧。」

「基爾，你也說句話吧。」

他向站在女性身旁的高大男人搭話。

這個人的肌肉和公會會長有得比。

「戴波拉尼的錯。」

「搞什麼啊，連你都要幫這個奇怪的女人說話。」

「聽事情的經過，是戴波拉尼的錯。」

「就算是那樣，也用不著打到那個地步吧。」

他的情況有那麼糟糕嗎？

雖然我的確是用熊熊鐵拳打到臉部會變形的程度。

「因為是戴波拉尼的錯，所以沒辦法。」

「對呀，他的公會卡差一點就要被註銷了。」

「那也是這傢伙的錯吧。」

「呃，既然你們三個人要聊天，我可以先走了嗎？」

「啊，對不起。因為戴波拉尼受傷的關係讓我們也沒辦法完成委託，所以蘭滋才會生氣的。」

「就算是那樣，我也沒理由要聽他抱怨吧。」

「這我很清楚。」

「是叫戴波拉尼嗎？在那個人的傷治好之前，你們選三個人可以完成的委託不就好了？」

「我們已經接下來了。」

「如果拒絕就會被當成委託失敗啦。」

失敗的紀錄會留在公會卡裡。

他們應該是希望盡量不要留下失敗的污點吧。

即使如此，遷怒到我身上也會造成我的困擾。

哥布林（戴波拉尼）的那件事是對方主動來找我麻煩的，所以不是我的錯。

「那你們放棄吧。」

「這樣會拖慢我們提升階級的速度吧。」

「我聽說優奈被冒險者纏上了才過來，原來是你們啊。」

「公會會長！」

肌肉不倒翁來了。

好像是櫃台的某個人叫他過來的。

「我應該跟你們說過戴波拉尼那件事不是優奈的錯了吧。」

「可是，都是這傢伙害我們不能完成委託。」

「那是自作自受。戴波拉尼找這傢伙打架，然後輸了。錯就錯在你們讓戴波拉尼一個人獨處，沒有監督他。你們早就知道戴波拉尼很容易跟別人吵起來吧。」

「是沒錯啦。」

「既然如此，我有個好方法。」

「什麼方法？可以把這次的委託取消，也不留下失敗紀錄嗎？」

「那是不可能的。一旦接下委託就不能夠當作沒發生過。只要拒絕就會視為失敗。」

「那你說的好方法到底是什麼？」

「你們只要帶優奈一起去就好。因為她已經證明自己比戴波拉尼更強了。」

「等一下，你幹嘛自說自話啊。」

肌肉不倒翁提出了很誇張的點子。

「這很簡單吧。只要妳代替戴波拉尼加入他們，組成一個臨時的隊伍就行了。」

「我才不要，為什麼我一定要接下那種莫名其妙的委託？」

「因為這是最能圓滿解決事情的方法。」

「那個，妳叫做優奈吧。可以請妳至少聽聽這件事的內容嗎？」

一身魔法師裝扮的女性對我開口說道。

要怎麼辦才好呢？

在遊戲裡也少有組隊經驗的我實在是不想要組隊。

我不是孤僻兒，所以我有組隊經驗喔。

只是很少而已啦。

我找不到說詞可以拒絕直視著我的女性魔法師，因此決定聽聽看她要說什麼。

我和戴波拉尼的三名隊伍成員一起走進公會的一個房間。

順帶一提，公會會長逃跑了。

他不是應該在發生麻煩事的時候保護我嗎？那個肌肉不倒翁。

這也全都是戴波拉尼的錯。

「那麼，我們先自我介紹。我是露麗娜。那邊那個對妳抱怨的是蘭滋，話很少的是基爾。」

「我是優奈。」

我姑且打個招呼。

「那我就開始說了，我們接下的委託是狩獵哥布林。」

狩獵哥布林？

哥布林是人型的低智能魔物。

那不是初學者的魔物嗎？

竟然要組隊打那種魔物，這個隊伍是不是很弱啊？

「不是普通的哥布林，而是要狩獵有五十隻左右的群體。負責前線的戴波拉尼不在會很吃力的。」

哥布林五十隻，在遊戲裡當然是小兵。

現在的我不知道能不能打贏。

野狼群的狩獵很簡單。

在遊戲中，哥布林和野狼都被當作是同等級，所以強度應該差不多。

這麼一想，就算是群體，大概也不是打不贏的魔物。

「我想確認一下，一群野狼和一群哥布林，哪一種比較簡單？」

「以委託內容的階級來說是一樣的。因為根據隊伍組成的不同，也會有擅長與不擅長的區別，所以應該要看承接委託的隊伍成員來決定。我們的話大概是打哥布林比較輕鬆。」

「為什麼？」

「因為野狼的動作很快。負責支援的魔法師只有我的話會很吃力。如果是哥布林，就可以用近身戰硬是打倒對手。」

話說回來，要打哥布林啊。

人型的魔物。

反正總有一天會遇到。

如果是遊戲的話根本沒有問題，嗯……

「都是妳害的，給我幫忙！」

「蘭滋你不要說話！」

雖然也是可以幫他們，但是我不想要代替戴波拉尼的位置，那個叫蘭滋的男人態度又很惡劣，叫基爾的男人也只是默默地在旁邊看，正經的人就只有露麗娜小姐而已。

老實說，身為家裡蹲的我覺得跟他人一起行動很麻煩，所以不想幫忙。

可是，讓別人受傷的人的確是我。

可是，那又不是我的錯。

唔嗯嗯嗯……怎麼辦呢？

「嗯～～我可以提出條件嗎？」

「如果是我們可以做到的事，沒問題。」

「報酬的分配嗎？真是個骯髒的女人。」

我無視他。

「委託要交給我一個人處理。成功的紀錄可以讓給你們沒關係，報酬也全部都給你們。所以，我希望你們不要再讓戴波拉尼跟我扯上關係。」

「優奈，要我們全部交給妳實在是……」

「妳是要我們閉上嘴在旁邊看嗎？」

「為何不行，可以吧？委託達成歸你們，成功報酬也歸你們，這對你們來說沒有壞處吧。」

「要是妳這傢伙失敗了，失敗紀錄就會算在我們頭上。我們怎麼可能接受這種條件。」

「而且，我們不能做出那種可恥的事情。怎麼可以讓其他人完成委託，再當成是自己的功勞呢？」

我可以理解男人的說法。如果我失敗，就會被視為整個隊伍的失敗。

而且我也可以理解露麗娜小姐的心情。

畢竟這對冒險者來說應該是很可恥的行為。

怎麼辦呢？

「那麼，只讓露麗娜小姐一個人幫我怎麼樣？」

「為什麼只要露麗娜一個人？」

「這種事想也知道吧，她在你們之中是最正經、最有常識、最好溝通的人，也是唯一的女性。最重要的理由是我不想要和你一起工作。」

「妳這傢伙！」

「蘭滋，不要說了。」

露麗娜小姐阻止了他。

「優奈，妳可以一個人打倒一群哥布林嗎？」

「應該可以吧？我都可以輕鬆打倒野狼群了。如果有同伴在，反而還會妨礙我使用魔法。」

「優奈，妳會使用魔法嗎？我聽說戴波拉尼是被拳頭打倒的。」

「我當時沒有用魔法喔。」

正確來說是因為我當時還沒有學會魔法，所以才沒有使用。

「因為對付弱小的敵人不需要用到魔法吧。露麗娜小姐應該也不會用魔法來殺小蟲子吧。」

「………」

蘭滋和露麗娜小姐聽到戴波拉尼被當成蟲子，都露出傻愣的表情目瞪口呆。

「妳真的可以嗎？」

「不就是五十隻戴波拉尼（哥布林）嗎？」

「是哥布林啦！」

名為蘭滋的男人糾正了我。在他旁邊思考的露麗娜小姐開口了：

「我知道了，我跟妳去。」

「露麗娜？」

「基爾也可以接受嗎？」

「沒關係。」

「那麼，優奈，拜託妳了。」

「那什麼時候要走？」

「妳方便的話，現在馬上走也可以。」

「我是無所謂，但我什麼都沒有準備喔。」

「沒問題的。因為我們本來就預定在今天一大早出發，所以四人份的糧食和狩獵的準備都已經做好了。」

蘭滋默默地瞪著我，我對他視而不見。

基爾沒有開口說話。

我決定和露麗娜小姐兩個人一起去狩獵哥布林。

13 熊熊的狩獵哥布林

我和露麗娜小姐兩個人為了狩獵一群哥布林而走出公會。

「我姑且問一下，優奈妳要穿成這個樣子去嗎？」

她看著熊熊服裝向我發問。

「對啊。」

我已經放棄了。

「這樣呀。」

露麗娜小姐看著我的熊熊服裝嘆了氣。

我也不是自願打扮成這個樣子的。

「對了，有哥布林的地點在哪裡？」

「距離東門大約三個小時路程的村子附近的山上。」

「三個小時！」

「對，所以我想要快點出發，在今天內抵達村子。」

難道說要我這個家裡蹲走三個小時嗎？

要是沒有熊熊鞋子，這種距離我絕對不奉陪。

「我有帶水和糧食，沒問題的。」

我擔心的不是這個。

順帶一提，我曾經練習魔法的森林在西門那裡。

一想到要離開城市走三個小時，我就忍不住嘆氣。

早知道就應該先確認地點再接受委託的。

現在再後悔也來不及了。

我帶著憂鬱的心情邁步走在路上，前往有哥布林在的附近村子。

「呃，我可以問幾個問題嗎？」

「如果我回答得了的話。」

「妳為什麼要打扮成這個樣子？雖然我不知道優奈妳到底有多強，但如果是冒險者的話，打扮得正經一點應該比較好吧。」

這是我覺得自己總有一天會被問到的問題。

Q：妳為什麼要打扮成這個樣子？

A１：因為我喜歡這套衣服（我不打算說這種謊）。

Ａ２：誠實地回答這是最強的防具（笨蛋才會把自己的祕密告訴別人）。

Ａ３：說自己沒有這套熊熊裝就無法使用魔法（笨蛋才會說出自己的弱點）。

Ａ４：謊稱這是母親的遺物（這樣也不構成隨時穿著的理由）。

Ａ５：說這是還不錯的防具（這個答案比較保險吧？）。

「因為比普通的防具強。」

「是嗎？」

「雖然我不知道是什麼材質，但是這套熊熊服裝對物理和魔法都具有耐久性，這隻白熊娃娃還可以當成道具袋使用。」

因為熊熊箱的事情已經在變賣野狼的時候被別人知道了，所以沒有必要隱瞞。

也讓對方以為熊熊服裝的性能比普通的防具更高吧。

「那另一隻黑熊娃娃呢？」

「算是力量強化吧，它可以增強我自己的力量。」

我對離道路稍遠的一顆岩石使出熊熊鐵拳。

岩石碎裂。

「妳就是用這股力道毆打戴波拉尼的吧，難怪他的臉會腫得那麼嚴重。」

我只是透露了一點熊熊的情報，露麗娜小姐好像就接受了。

「那麼，這雙鞋子也有什麼意義嗎？」

「鞋子？……對了，我想到一個好點子。」

我看著熊熊鞋子和熊熊手套。

我笑了一下。

「露麗娜小姐。」

「那是……什麼眼神？」

「我們稍微早一點到村子裡吧。」

「妳在說什麼？」

也許是感覺到不祥的氛圍，她稍微和我拉開距離。

「走三個小時的路太麻煩了，所以我要這樣！」

我迅速繞到露麗娜小姐的身後絆倒她，並在她倒下來的瞬間抱住她。

少女的夢想，也就是所謂的公主抱。

雖然我不會想要被這樣抱。

「妳要抓緊我喔。說話會咬到舌頭的，很危險。」

我這麼說著，然後跑了起來。

「等一——」

好快，好快。

「優奈。停下———」

我對這些話充耳不聞，持續奔跑著。

多虧有熊熊手套，好輕好輕。

多虧有熊熊鞋子，好快好快。

多虧有熊熊鞋子，不管跑多久都完全不會累。

我們到達村子附近了。

「優奈太過分了。我都一直叫妳住手了，我是第一次（被公主抱）耶。嚇死我了。」

被放到地上的露麗娜小姐眼眶含淚瞪著我。

「可是，很快就到了啊。」

徒步要走三個小時的目的地，我們只花三十分鐘就抵達了。

「妳該不會是嚇到尿出來了吧？」

「我才沒有尿出來。不過，沒想到可以這麼快就到達目的地。」

現在還是上午，距離中午還有一點時間。

「其實我們本來是打算在這個村子問一些關於哥布林的事，住個一晚再出發去狩獵的。」

「那要直接去狩獵哥布林嗎？」

「好呀，既然優奈妳看起來沒有很累。向村長問完關於哥布林的事就出發吧。」

我們前往村子的入口，向守衛打招呼。

「那身打扮是怎麼回事？妳該不會是冒險者吧？」

對方先看了我一眼，接著望向露麗娜小姐。

那身打扮是怎麼回事——在說我。

是冒險者吧——在說露麗娜小姐。

應該是這個意思吧。

「我們『都是』冒險者，我們是來獵殺在這附近出現的哥布林的。」

露麗娜小姐如此說明。

「妳們只有兩個人嗎？」

對方一臉不放心。

這也難怪。

因為有很多哥布林而提出委託，卻來了兩個女人。

而且其中一個還打扮成奇怪的樣子。

除了不放心還會有什麼反應？

「是的。我們有問題想請教，可以讓我們見村長嗎？」

「我知道了，跟我來吧。」

衛兵沒有趕走我們，讓我們進入村子。

我們跟著衛兵的引導，來到村落中央稍微大一點的一棟房子。
「村長在嗎！」
「什麼事啊，洛伊。」
房子裡走出一個年約五十幾歲的男人。
「冒險者來了。」
「喔，他們來了啊。這樣就可以安心了……？」
他看到我的瞬間，聲調開始降低。
「那個，不好意思，請問只有妳們兩位嗎？」
「是的，雖然只有兩個人，但我們會完成工作，請您放心。」
「這樣啊。」
村長和衛兵一樣用不放心的眼神看著我們。
外表果然很重要呢～
如果聽到穿著布偶裝的女孩子說「我來消滅哥布林了」，我也會心想：這種小姑娘真的辦得到嗎？
「可以的話，希望您能夠告訴我們目擊到哥布林的地點。」
露麗娜小姐忽略村長的態度，繼續說下去。

「哥布林出現在從這裡過去的山上，去打獵的人曾經好幾次目擊到牠們。」

村長指著附近可以看見的一座山。

「我聽說哥布林的數量有五十隻，請問是怎麼確認的？」

「有一個上山的村民犧牲了，當時和那個人在一起的人有看到。」

「這樣呀。那麼我們就出發了，如果我們到明天還沒有回來，麻煩您和公會聯絡。」

「我知道了，那就拜託妳們了。」

我們離開村子，前往有哥布林出沒的山上。

「優奈，妳一個人真的沒問題嗎？」

「沒問題。我只有一件事要拜託露麗娜小姐，麻煩妳把可以證明我們殺死哥布林的魔石挖出來。」

「是可以啦。」

取得諾言！

獵殺魔物的證據好像是魔石。

那似乎要切開身體才可以拿出來。

嗯，我無法！

因為哥布林不能當作素材，就算帶回去，好像也只會造成公會的困擾。

「那我們走吧。我會走在前面，妳跟上來吧。」

我使用熊熊探測的魔法。

那邊的方向有很多反應呢。

雖然無法開啟地圖很不方便，但是能知道方向也很有用。

直線前進就會出現危險反應。

我決定直接走過去獵殺牠們。

「呃，妳走路的時候都沒有注意周圍，我覺得稍微注意一下周圍會比較……」

「沒問題啦。我有使用探測魔法，這附近沒有魔物。」

「咦，有那種魔法嗎！」

「可是，沒想到有這麼多呢。」

「很多嗎？」

「大概有一百隻吧？」

「等一下，妳說一百隻！是真的嗎！那麼多，只有我們絕對打不贏吧。」

「為什麼？不就是一百隻戴波拉尼嗎？」

「妳是認真這麼說的嗎？」

「是認真的啊。」

她露出傻眼的樣子嘆了口氣。

「我就趁現在先說了，如果情況不妙，我會丟下優奈自己逃跑喔。」

「我是無所謂啦。」

反正我逃得比較快。

「唉，真的沒問題嗎？我說不定是作了錯誤的選擇。」

我們在森林裡走了一個小時。我在路上打倒了大約二十隻哥布林。

在前往哥布林的巢穴之前，我逐一殺死了在森林裡亂晃的哥布林。接下來就只剩下巢穴裡的哥布林了。

「妳說這叫探測魔法對吧。真是方便呢，竟然可以知道哥布林的位置，那是犯規的招式吧，居然可以在被對手發現之前就用遠距離魔法一招解決。」

「妳要好好挖出當作狩獵證明的魔石喔。」

「我知道啦。」

她用小刀切開倒在眼前的哥布林身體，取出魔石，最後把屍體燒掉。

這是為了不要讓其他的魔物或動物靠近。

「這前面好像有哥布林的巢穴。」

探測魔法的反應集中在同一個地點。

從這裡開始要慢慢靠近。

在遊戲裡也一樣，狩獵魔物群的時候，出其不意的攻擊很有效。

先在沒有被發現的情況下使出一記最強魔法，然後對嚇得不知所措的魔物給予第二次攻擊。

如果是遊戲，我就曾經靠這招打倒對手。

總而言之，我們要先前進到可以用目視確認敵人的位置。

「好像是那個洞窟。」

「妳該不會是想要進去那個洞窟吧？」

即使是我也不想要進去有一大群哥布林的洞窟。

洞窟附近有五隻左右，是負責看守的哥布林吧。

「我稍微確認一下，妳等等。」

我詠唱出風魔法，對洞穴放出風。風伴隨著魔力通往洞窟中的每一個角落。

「確認完畢。看來洞窟的入口好像只有這一個。那我過去一下，妳等我喔。」

「等一下，妳真的要去嗎？」

我在負責看守的哥布林發出聲音以前，用風刃術砍飛牠們五顆腦袋。

接下來，我想像出一隻燃燒成鮮紅色的熊。

「火熊術。」

我朝洞窟裡放出一團熊熊形狀的火焰。

我繼續詠唱下一個魔法。

「壁熊術。」

熊熊形狀的岩石堵住了洞窟的入口。

這樣就結束了，接下來只要等待就行了。

「優奈，妳做了什麼？」

「我只是把高溫的火焰放到洞窟裡，然後堵住入口而已。現在洞窟裡正在炎熱地燃燒，而且氧氣也愈來愈少，那些哥布林應該就快要窒息死亡了吧。」

「氧氣？窒息死亡？」

難道說這個世界的人不知道氧氣的存在？

那樣的話說明起來就麻煩了。

「簡單來說，那個洞窟裡現在是沒有空氣的。」

「是嗎？」

「在密閉空間裡點火的話，空氣就會消失。所以，現在哥布林會因為無法呼吸而死命掙扎。這是個簡單的好方法吧，還是說妳想要在洞窟裡和哥布林戰鬥？」

露麗娜小姐用力搖搖頭。

「現在暫時會閒下來，所以等妳處理完看守的哥布林，要不要來吃午餐？」

「要在這裡吃嗎？」

她一臉不甘願地說道。

她應該是不想要在不知何時會被哥布林攻擊的地方吃飯吧。

可是，會用探測魔法的我覺得無所謂。

「暫時回到村子裡也是可以，但不是很麻煩嗎？」

「是沒錯啦。順便問一下，大概要等多久呢？」

「一般來說大概幾分鐘吧？總之我打算使用探測魔法，一直等到牠們全滅。」

露麗娜小姐先去處理了倒在入口前的哥布林。

然後她走到我身邊，從掛在腰上的袋子裡拿出午餐。

那就是所謂的道具袋吧。

「那個袋子可以裝多少東西？」

「這個嗎？沒有辦法像妳的熊娃娃一樣裝那麼多。野狼的話大概五隻左右吧。」

原來只有那麼多啊。

如果這麼想，這隻熊還真是犯規呢。

我吃了人家準備好的午餐，味道不太好。

有溫溫的水、肉乾等，看來普通的道具袋好像沒有停止時間的功能。

早知道就準備自己要吃的午餐了。

吃完午餐，我使用了探測魔法。

「奇怪？」

「怎麼了？」

「有一隻還活著。」

「一隻……該不會……」

「妳知道什麼嗎？」

「優奈，妳說哥布林總共有將近一百隻對吧。」

「嗯。」

「那一隻搞不好是哥布林王。」

「哥布林王……」

哥布林王……哥布林的國王，是比哥布林更強，也具有智慧的哥布林。在遊戲世界也算是初期的魔王。

「嗯，因為牠身邊有多達一百隻的哥布林，有這個可能性。」

「再這樣下去牠好像也不會死，大概只能戰鬥了吧。」

「沒辦法啦！哥布林王是階級C的魔物。牠可是連階級C的隊伍都不知道能不能打贏的魔物呀。」

就算是那樣，反正牠也不會使用魔法，只是一種使用蠻力的魔物。被牠的攻擊打中的確很危險，但我當然沒有要被打中的意思。

「我們應該回公會一趟，找人來支援。」

「嗯～～應該不用吧。」

「優奈，拜託妳。這一次就聽我的吧。」

「這樣好了，我會一個人進到洞窟裡戰鬥，如果我沒有出來的話，妳再去公會找援手。」

「妳是要我讓妳去送死嗎？」

「我就說了，沒問題的。那我把岩石弄開嘍。」

「優奈！」

我假裝沒聽見喊叫聲，消除入口的岩石。

洞窟裡吹出一陣陣熱風。

裡面的空氣因為我放出的風魔法而噴發出來。

入口有火焰燃燒，到現在還帶著熱度。

「這樣就不能進去裡面了呢。」

「這樣是不行的，我們回去吧。」

「嗯？看來國王陛下要親自來接見了呢。」

「這是在開玩笑吧……」

「露麗娜小姐妳躲到後面。」

洞窟裡出現一隻比哥布林還要大上一號甚至兩號的哥布林。

牠的手裡握著一把不祥的劍。

牠一看見我，就發出足以引起地鳴的怒吼。

這就是哥布林王。

我首先施展出風刃術。

哥布林王揮舞著劍，將風刃砍掉。

牠就這麼對我鎖定目標，吼叫著開始奔跑。

好快。

我從熊熊箱裡拿出劍。

我接住了哥布林王揮砍下來的劍。

好重。

因為哥布林王的力氣稍微大了一點，所以我被壓制住。

哥布林王用空著的另一隻手臂往旁邊一揮。

我用白熊防禦，但依然被彈飛，我接著使用魔法重整態勢。

是我的等級太低了嗎？

普通的魔法無效的話，用熊熊魔法怎麼樣？

「熊刃術。」

我想像出熊的銳利獸爪，對哥布林王揮下熊熊手套。

三道風刃襲向哥布林王。

哥布林王和剛才一樣，想要揮劍來破壞魔法。

不過，熊刃術沒有消失，對哥布林王發動攻擊。

「奇怪？」

牠沒有倒下。

哥布林王因為三道風刃而渾身是血，但沒有被斬斷。

「牠很硬嗎？」

可是，我已經知道自己可以對牠造成傷害。

哥布林王可能是不甘心受到傷害，瞪著我大叫。

牠開始奔跑。

差不多該分出勝負了。

我用土魔法在哥布林王前面製造出一個深深的洞穴。

不管哥布林王的智能有多高，也不會注意到腳邊突然出現的洞穴。

更不要說是憤怒到血液直衝腦門的現在了。

哥布林王的眼裡只有我。

哥布林王沒有看著腳邊。

哥布林王掉落到洞穴裡。

因為使用熊造型的火焰可能會融化哥布林王，導致我沒辦法證明自己打倒了牠，所以我朝洞裡施展了好幾次熊刃術。

「熊刃術、熊刃術、熊刃術、熊刃術、熊刃術。」

沒想到牠這麼難纏。

叫聲從洞穴裡傳了出來。

牠有可能是想要爬上來，但卻受到熊刃術的阻撓。

我不斷把熊刃打進洞穴裡，便漸漸聽不到叫聲了。

我使用探測魔法，發現哥布林王的反應消失了。

我一停止使用魔法，露麗娜小姐就從樹木後方走了出來。

「結束了嗎？」

「牠死了。」

「沒想到妳真的可以打倒哥布林王。」

「不過牠比想像中還要強，讓我嚇了一跳。那我要確認牠已經死了，妳離洞穴遠一點。」

我使用土魔法讓洞穴隆起，從洞裡出現的哥布林王維持著大叫的模樣死了。

明明已經死了，牠的臉卻還是會帶來恐懼。

「牠是真的死了吧？」

「是啊。」

為了害怕的露麗娜小姐，我對哥布林王使出熊刃，證明牠已經死了。

「那這傢伙要怎麼辦？」

「優奈，妳的道具袋放得下吧？」

「是放得下。」

「那可以麻煩妳嗎？雖然說將狩獵到的魔石帶回去就可以當作證據，但如果可以將屍體帶回去是最好的。」

我將哥布林王裝進熊熊箱裡。

順便撿起了牠的劍。

「接下來就只剩下到洞窟裡進行哥布林的後續處理了。」

「那我來降低洞窟裡的溫度。」

我用水魔法和風魔法冷卻洞窟內部。

「這樣一來，我想洞窟裡就沒問題了。接下來就拜託妳了。」

我用笑容目送露麗娜小姐。

「呃，我想確認一下，洞窟裡是安全的吧？」

「沒問題。只不過，死在裡面的哥布林相當多，肢解起來應該會很辛苦。」

「優奈，妳會不會幫……」

「不會。」

因為我不可能切開身體把魔石拿出來，所以拒絕了她。

「洞窟裡很暗，這個送妳當禮物。」

我使用光的魔法，創造出一顆熊熊形狀的光球。

「這就交給露麗娜小姐妳了，拿去用沒關係。」

「謝謝妳？雖然我不知道為什麼是熊的形狀，但我會心懷感激地使用的。」

露麗娜小姐一個人走進洞窟中。

洞窟裡應該有八十隻左右，假設從一隻哥布林的身體裡取出魔石最快要花一分鐘，總共就是八十分鐘。

考慮到在洞窟裡走動的時間，應該會花兩個小時以上吧。

我用土魔法蓋出一個小小的土造房屋。

我還做出小小的窗戶，讓空氣流通。

考慮到魔物出沒的可能性，我堵住了入口。

因為窗戶很小，所以魔物進不來。

我最後做出一張土製的床，然後躺上去。

雖然很硬，但也不是不能睡覺。

下次要記得去買一條毛毯。

由於精神上的疲勞，睡意馬上就到來了。

14 熊熊回報委託

「優奈！優奈！醒醒呀。」

「露麗娜小姐，妳好吵喔。」

我揉著惺忪的睡眼坐起身體。

「妳終於醒了。」

露麗娜小姐從小小的窗戶探頭看著我。

我打直腰桿，伸展著肌肉。

「我那麼努力挖魔石，妳竟然做了房子在裡面睡覺，太奸詐了吧。」

「因為肢解是露麗娜小姐的工作嘛。所以事情做完了嗎？」

「做完了。結束之後我從洞窟裡走出來，看到有房子還嚇了一跳呢。我往裡面一看才發現妳在睡覺，想進去裡面卻沒有門。」

我用魔法開出一個洞，走到外面。

我看看天空，發現太陽已經開始西斜了。

現在大概是下午三點左右吧？

「哥布林的數量太多，真的很累人。因為優奈妳都不幫我。」

我忽略她的抱怨，轉移話題：

「洞窟裡有什麼有用的東西嗎？」

「沒有耶。」

「那麼，反正其他的魔物在裡面棲息也會造成麻煩，我就把洞堵起來嘍。」

我使用土魔法把入口封住。

這樣一來就不會再有其他魔物棲息了。

「那我們回去吧。」

「我已經很累了耶。」

「沒關係，我會抱妳回去。」

我可沒打算要慢慢走回去。

「優奈……妳該不會……」

「這裡是山上，路面很崎嶇，所以不要說話喔。」

我對她微微一笑。

我抱著一臉無奈的露麗娜小姐下山。

跳躍！跳躍！跳躍！

我跑下山。

我每次跳躍，露麗娜小姐都會驚叫出聲。

聽她在耳邊大叫真的很吵。

我不管大呼小叫的露麗娜小姐，繼續奔跑。

抵達村子的入口附近以後，我將露麗娜小姐放下來，走到衛兵那裡。

露麗娜小姐的腳好像搖搖晃晃的，應該是我的錯覺吧。

我們和衛兵打了招呼，前往村長的家。

「呃，兩位回來得真早，是因為太困難了嗎？」

村長的臉上寫著「果然」。

「不，我們把哥布林全部打倒了。」

「您說什麼？」

露麗娜小姐一開口，村長的表情就轉為驚訝。

「狩獵哥布林的委託已經完成了，這些是哥布林的狩獵部位的魔石。」

露麗娜小姐從道具袋中拿出一個皮革袋子。

她解開皮革袋子的繩子，讓村長看裡面的東西。

裡面大概放著哥布林的魔石吧。

我可絕對不會去看。

我一點也不想看到大量的血淋淋魔石。

看到那種東西會讓我吃不下飯。

雖然說用水洗乾淨就好，但我不覺得那個洞窟裡會有水。

「喔喔，原來兩位真的殺死那些哥布林了，可是怎麼會這麼多呢？」

「因為那裡有將近一百隻。」

「一百隻！」

村長相當驚訝。

也對，聽到村子附近的哥布林數量是預料中的兩倍以上，當然會驚訝了。

「請放心，我們已經全部打倒了。因為我們也已經將哥布林做出的巢穴堵住，所以應該不會再有魔物棲息進去了。」

「非、非常感謝兩位。」

村長對我們低下頭。

「那麼，我會派人幫兩位準備今天要住的旅館。」

「好的，非常謝謝您。」「不，我們要回去了。」

露麗娜小姐的話和我的話重疊在一起。

「優奈，今天已經很晚了喔。」

「在天黑之前就可以回到城裡了啦。」

我們彼此凝視著對方。

「該不會又要公主抱吧？」

「再來個兩次三次也一樣吧。」

「可是這是人家特意安排的好意耶。」

「早點解決麻煩事是我的原則。」

「……真的要回去嗎？」

我點點頭。

「我知道了啦。反正我也得回去報告哥布林王的事情，我們回去吧。」

「哥布林王？」

村長對露麗娜小姐的話作出反應。

「率領一百隻哥布林的魔物是哥布林王。」

「那隻哥布林王現在……」

「不用擔心。哥布林王也已經被殺死了，村子很安全。」

「非常感謝兩位。」

我們受到村民的感謝，然後走出村子。

「妳跑的時候要溫柔一點喔。還有，絕對禁止跳躍！」

「知道了啦。」

可能是我下山的時候跳了幾次，嚇到露麗娜小姐了吧。

露麗娜小姐主動抱住了我。

「不過，雖然不甘心，但這套熊熊裝抱起來真的很舒服呢。」

露麗娜小姐來回撫摸著我（熊）。

真希望她不要再摸了。

她觸摸的方式讓我有點不舒服。

開始跑步之後她應該就沒辦法繼續摸了，所以我趕緊使出公主抱並邁步奔跑。

因為這裡是平地，所以和山路不同，很容易跑。

遠方有魔物的反應，但我視而不見，直接跑過去。

有時候也會和冒險者或馬車擦身而過，但我不在意。

雖然會引起一陣騷動，不過聲音也會在一瞬間消失。

我逐漸看見了城門。

「我會不好意思，差不多可以放我下來了。」

她在我耳邊嘮叨，但我依然繼續奔跑。

「優、優奈？拜託妳啦。」

露麗娜小姐抱著我的手更加用力，但一點也不痛。

我就這麼直接抵達了西門。

衛兵非常驚訝的樣子。

露麗娜小姐一臉羞恥的樣子。

我打扮成熊的樣子。

三個人都陷入沉默。

我將露麗娜小姐放下來，默默地交出公會卡。

衛兵默默地進行確認。

我和露麗娜小姐默默地走進城裡。

「呃，要我抱妳到公會嗎？」

「不要！」

我和一臉羞恥的露麗娜小姐為了回報委託而前往公會。

公會入口有相當多結束了工作的冒險者。

當我覺得進不去的時候，注意到我的冒險者就讓路了。

道路就像摩西分紅海一樣拓展開來。

「可以走嗎？」

「應該可以吧。」

我們走進公會裡，發現櫃台也非常熱鬧。

當我們要去排隊的時候，就有人從後方對我們搭話了。

「露麗娜，妳怎麼了？」

「蘭滋，你在這裡做什麼？」

蘭滋和基爾坐在椅子上看著我們。

「什麼做什麼，就是因為覺得妳們會跑回來，所以才在這裡等的。不過，我的預想好像是對的。妳們這麼早回來，是因為哥布林的數量太多，怕得逃回來了吧。」

以為我們失敗了的蘭滋臉上浮現淺笑。

他到底知不知道啊？如果我失敗了，就表示他自己的隊伍失敗了耶。

「蘭滋，很可惜。我們完成委託了。」

「啥？」

聽到露麗娜小姐的話，他那張蠢臉變得更蠢了。

「委託完成。一百隻哥布林還附送一隻哥布林王。」

「拜託，妳到底在胡說什麼。一百隻哥布林？哥布林王？開玩笑開成這個樣子可就不好笑了。」

「我真的不是在開玩笑。」

因為蘭滋的大嗓門，公會裡的冒險者都一起轉頭望了過來。

「一百隻哥布林？」

「哥布林王？」

「騙人的吧。」

「怎麼可能打倒哥布林王。」

「一百隻哥布林！兩個人不可能吧。」

「但是，對方可是那隻熊耶。」

「真的是那隻熊。」

「如果是那隻熊的話就有可能嗎？」

「畢竟是熊嘛。」

冒險者們聽到我們的對話，紛紛開口說道。

話說回來，把熊當成原因是什麼邏輯啊。

「露麗娜小姐，您說哥布林王是真的嗎？」

海倫小姐走了過來。

「我有一些問題想要請教，可以請兩位跟我來嗎？」

我們被帶到沒有人排隊的櫃台。

「那麼我想請教兩位。露麗娜小姐接受的委託是狩獵托茲村附近出現的哥布林群對吧。數量大約是五十隻左右。」

「是的，不過我們過去之後，才發現哥布林有一百隻。」

她這麼報告以後，在後面側耳傾聽的冒險者就開始騷動起來。

「不好意思，請問您有作為狩獵證明的魔石嗎？」

露麗娜小姐從道具袋中取出一個袋子，裡面裝著可以證明我們殺死哥布林的魔石。

「請讓我確認一下。」

海倫小姐接過狩獵部位的魔石，然後操作著櫃台裡面的裝置。

「是，這些的確是今天狩獵到的魔石。另外我聽說還有『哥布林王』，請問是真的嗎？」

「是的，哥布林群的老大是哥布林王。」

「是真的嗎？那麼，我們要快點對階級C的隊伍發布緊急委託了。」

「不用了，優奈已經打倒牠了。」

「……一個人打倒哥布林王……」

「熊打倒哥布林王了。」

「熊打倒……」

「熊打倒……」

這句話像回音一樣擴散開來。

「那是真的嗎？如果有魔石的話，麻煩兩位提供。」

「我們把哥布林王的屍體帶回來了。」

「啊，是優奈小姐的熊造型道具袋吧。呃，那應該很大吧。不好意思，請兩位移駕到隔壁的房間。」

海倫小姐和我們身後有一大群冒險者像金魚大便一樣跟了過來。

「可以請您放在這裡嗎？」

我舉起戴著白熊的手，取出哥布林王。

周圍的人發出嘆息、喊叫、低吟等各式各樣的聲音。

「這毫無疑問是哥布林王呢。」

哥布林王長著一張彷彿可以直接咒殺人的臉。

看到哥布林王這張臉的冒險者們都感到恐懼。

他們更對打倒了這隻哥布林王的優奈感到驚愕。

哥布林王的肉體上可以看到許多傷口，證明牠經歷了一場壯烈的戰鬥。

「非常感謝您。請問您可以讓我們收購這隻哥布林王嗎？」

「哥布林王的素材可以拿來用嗎？」

「是的，哥布林王的皮和哥布林不同，非常堅固且耐用，所以可以使用在防具上。骨頭也可以用在武器、魔法道具等物品上。牠的魔石也有很強的力量，可以用於各種用途。」

「我是無所謂，露麗娜小姐呢？」

「我也沒關係。」

「那麼不好意思，可以請兩位移駕到櫃台嗎？」

我們再次回到櫃台。

冒險者們是金魚大便，所以也一起跟了過來。

「這份委託是露麗娜小姐的隊伍所承接的。不過優奈小姐有出手幫忙，請問要如何處理呢？」

「麻煩當作是我們的隊伍和優奈共同完成的委託。」

「露麗娜小姐？」

「打倒牠們的人是優奈。我們不能把功勞占為己有。我所做的事就只有挖取魔石和與人交涉而已。」

「我明白了。我會依照您的意思來處理。那麼包含露麗娜小姐在內的各位隊伍成員，請出示公會卡。」

「我就不用了。」

「蘭滋？」

「我什麼都沒有做。其實我覺得那個女人會逃回來，所以就只在一旁觀看。還有不相信她可以一個人打倒一群哥布林，嘲笑她而已。」

「我也不用了，我什麼都沒有做。」

「基爾？」

「我明白了。那麼我會以露麗娜小姐和優奈小姐兩位的名字辦理手續，請問這樣可以嗎？」

「可以，麻煩妳了。」

「那麼這邊是報酬金與收購哥布林魔石的金額，另外還有狩獵哥布林王的獎金以及收購金額。」

她將兩個袋子交給我們。

露麗娜小姐將哥布林王的整袋獎金直接交給我。

「我不可以收下這些錢，然後這些也要分成一半。」

她把委託的報酬金分出一半，交給了我。

「可以嗎？」

「因為這是我們兩個完成的工作呀。雖然我只有負責挖魔石，但是不能全部給妳，所以一人一半。」

我坦率地收下，收進熊熊箱裡。

「還有，這次真的很抱歉。不只是戴波拉尼，我也會好好說說蘭滋的。」

蘭滋在後面擺出一臉尷尬的表情。

「沒關係，反正我也很開心，而且對付哥布林王也有讓我練習到魔法，所以也不是沒有收穫。」

可以在對付哥布林王的時候驗證魔法的效果真的是很有用的經驗。既然我可以打倒哥布林王，要打倒其他的魔物就是綽綽有餘了。

一走出公會，露麗娜小姐就邀請我一起吃飯；我們加上蘭滋、基爾，總共四個人一起去她推薦的餐廳吃飯。

蘭滋重新低下頭對我道歉。

基爾也為自己沒有參與哥布林狩獵的事情道了歉。

我決定原諒他們，享用這份晚餐。

「這樣真的好嗎？還讓妳請我們。」

「沒關係啦。反正我還有哥布林王的獎金，你們就當作是戴波拉尼的醫藥費吧。」

「這樣啊，那我就不客氣地開動了。」

「謝謝妳。」

我和他們三個人吃了一頓還滿愉快的晚餐，然後回到旅館。

我告訴艾蕾娜小姐不用準備我的晚餐，回到房間以後，我沒有洗澡就鑽進了被窩。

15 熊熊的雨天休假（上篇）

因為今天從早上開始就下著雨，我自行決定宅在家，讀著魔物的書殺時間。

書上寫的魔物幾乎都是會出現在遊戲或小說漫畫裡的魔物。

環遊世界去尋找看看說不定也不錯。

讀了一段時間，我的肚子就表示午餐時間到了，於是我走到一樓準備吃午餐。

外面明明在下雨，餐廳裡卻聚集了許多客人。

我問了艾蕾娜小姐，她說：

「啊，因為下雨的關係，外面的攤販好像全都收起來了。所以客人們才會集中到可以躲雨的店來喔。」

下雨時的確沒辦法經營攤販。

客人應該不想在雨中買東西，而且也要考慮到吃飯的地點。

這麼一想，選擇可以躲雨的店也是理所當然的。

我環顧餐廳內，卻到處都找不到可以坐下的位子。

因為我不太想和別人併桌，所以打算晚點再來，這時……

「優奈小姐，很抱歉現在沒有可以坐的位子，請問方便在房間用餐嗎？」
「嗯，是沒問題。」
「非常謝謝您，其實我也很希望能優先讓位給住宿的優奈小姐……」
「沒關係，那就麻煩妳給我今天的推薦菜色吧。」
「我明白了，我馬上端到您的房間，請稍等一下。」

我回到房間大約五分鐘之後，就有人敲了我的門。
沒想到這麼快。
「優奈小姐，可以麻煩您開個門嗎？」
我一打開門，就看到艾蕾娜小姐端著冒出陣陣白煙的料理。
因為住宿費裡面沒有包含午餐，我接過料理放到桌上，然後付錢給艾蕾娜小姐。
「非常謝謝您。」
「艾蕾娜小姐也要加油喔。」
「是，現在正是店裡最忙的時候。」
她很有精神地回答，然後回到樓下。
我心懷感激地享用桌子上的料理。
菜色有加了肉的炒蔬菜和熱呼呼的湯、剛烤好的麵包。

可以吃到溫熱的料理讓我很感激。

我咬著麵包，但差不多開始懷念起米飯了。

雖然麵包很美味，身為日本人還是會想要吃到米飯。

我也很想吃拉麵等食物，這個世界會有嗎？

下次去問問艾蕾娜小姐好了。

我吃完飯，思考著下午要做什麼事。

我試著打開狀態視窗。

姓名：優奈
年齡：15歲
等級：18
技能：異世界語言、異世界文字、熊熊異次元箱、熊熊觀察眼、熊熊探測、熊熊地圖
魔法：熊熊之光、熊熊身體強化、熊熊火屬性魔法、熊熊水屬性魔法、熊熊風屬性魔法、
　　　熊熊地屬性魔法

裝備
　右手：黑熊手套（不可轉讓）

左手：白熊手套（不可轉讓）
右腳：黑熊鞋子（不可轉讓）
左腳：白熊鞋子（不可轉讓）
衣服：黑白熊服裝（不可轉讓）
內衣：熊熊內衣（不可轉讓）

我今天早上一確認才發現技能增加了。
看到熊熊地圖，讓我忍不住想吐槽：也不是什麼東西都加上熊就沒問題了吧。

　熊熊地圖
　　可以將熊熊眼睛看到的地方製作成地圖。

我試著打開熊熊地圖，以我所在的地點為中心，地圖上顯示著城市的周圍和東邊森林，距離西門有段距離，曾有哥布林出沒的村子周圍。
就像是有毛毛蟲爬過的痕跡一樣。
除此之外的地方是一片漆黑，什麼都沒有顯示。
很像是某種遊戲呢。

雖然很方便，但可惜只會顯示去過的地方。

不過，如果突然顯示出整個世界的地圖，那好像有點無趣，所以這樣或許也不錯。

然後，我看到哥布林王的洞窟那邊的地圖，想起了一件事。

我從熊熊箱裡取出一把劍。

這是哥布林王持有的劍。

它現在已經不像哥布林王拿著的時候那麼詭異。

變成了一把很正常地閃耀著銀色的漂亮刀劍。

我試著使用熊熊觀察眼。

哥布林王的劍

技能：增加肌力、附加魔法

增加肌力：提升使用者的肌力。

附加魔法：可以在劍上附加魔法。

我想當時那種不祥的感覺應該是將哥布林王的力量具現化之後的產物。

我對劍灌注魔力，它就發出了漂亮的銀色光輝。

業。

要是它變成黑色，我大概會很沮喪，幸好沒有。

我想今後應該有機會用到它，所以我打算在放晴的日子試著使用看看。

可是，今天的雨似乎是不會停了。

我想想看今天可以做的事，卻真的一點頭緒都沒有。

雖然我當家裡蹲的經驗很豐富，但那是要有網路和電視、小說、漫畫等東西才能夠成立的職業。

沒有任何娛樂的話就會比想像中更無聊。

可以做的事就只剩下睡覺了。

可是白天睡覺的話，晚上就會睡不著。

在現實世界的日本就算晚上睡不著，我也還有上網、看漫畫、看小說、玩遊戲等事情可做，但這個世界根本沒有可以在晚上玩的東西。

所以我現在正思索著可以做的事情。

拿著哥布林王的劍時，我有點在意自己鬆弛的手臂，所以我決定試著來鍛鍊一下肌肉。

我的上臂軟趴趴的。

可能是因為熊熊裝的關係，我不管做了幾次、幾十次、幾百次伏地挺身都不會累。

這樣是不是也沒辦法消除手臂的鬆弛？我這麼想著脫掉熊熊裝備，變成只穿著內衣的模樣。

正確來說，我的上半身還穿著襯衫。

雖然下半身是熊熊內褲。

因為幾天前買的內褲觸感不太好，所以我沒有穿。

下次去高級的店逛逛好了。

我一邊想著這種事，一邊試著做伏地挺身。

是的，我連十下都做不完。

這和我在日本的時候沒有什麼差別。

我決定放棄軟趴趴的上臂，乖乖地穿起熊熊裝。

習慣真是個可怕的東西，我已經漸漸開始習慣這一套熊熊的打扮了。

16 熊熊的雨天休假（下篇）

我放棄鍛鍊肌肉，因為午餐時段應該已經過了，我決定到樓下找事情打發時間。
一樓是餐廳和旅館櫃台。
中午就像剛才一樣擁擠。
可是，現在這個時段沒有任何人在用餐。
艾蕾娜小姐露出疲憊的表情坐在吧台。
「啊，優奈小姐，剛才真的很不好意思。」
「沒關係啦。」
「那麼，請問有什麼事嗎？」
「我只是來殺時間的。」
我坐到吧台的位子上。
「雖然您說要殺時間，但是這裡什麼都沒有喔。」
「總之可以先給我一杯飲料嗎？」
「好的，沒問題。」

她走到後面幫我拿飲料。

「來，請用，這是蜜拉的果汁。」

她好像也準備了自己的分，坐在我前方開始喝起果汁。

「妳現在沒事嗎？」

「我在休息。因為到剛才為止都很忙，所以我現在要休息。而且我也要在這裡負責顧店，所以我可不是在偷懶喔。」

我先對她道謝，然後收下果汁。

果汁喝起來酸酸甜甜的。

唯一可惜的是有一點微溫。

嗯？

既然有點微溫，只要冷卻一下就好了。

我把戴著黑熊的手放在杯子上。

我灌注魔力，想像出冰塊。

撲通一聲，杯子裡有冰塊漂浮了起來。

「等一下，那是什麼？」

「我只是在果汁裡放了冰塊，我想說冷卻後應該更好喝。」

說著，我喝下一口果汁。

美味度提升了好幾個層級。

「我、我也可以拜託您嗎？」

看到我喝得那麼津津有味，艾蕾娜小姐也遞出自己的杯子。

反正也沒理由拒絕，我在艾蕾娜小姐的杯子裡也加了冰塊。

「非常謝謝您。」

艾蕾娜小姐順手攪拌杯子裡的冰塊，在果汁變冰以後喝了下去。

「好、好好喝。沒想到光是冰過就可以變得這麼好喝。在大熱天喝或許很不錯。可是，冰箱裡又沒有可以拿來冰果汁的空間～～」

這個世界也有冰箱的存在。

那是使用冰系魔石製造出來的產品。

這個城市不容易取得冰系魔石，所以價格較高。

根據怪物圖鑑的資訊，住在北方的魔物就有這種魔石。

簡單來說，就是因為冰系魔物身上才有，所以這附近是沒有辦法取得的。

只不過，那是在製作有冷凍庫的冰箱時才需要。

如果是沒有冷凍庫的冰箱，在野狼等魔物的無屬性魔石上附加冰屬性魔法就可以達成。

因此，有冷凍庫的冰箱是一種奢侈品。

若是沒有冷凍庫的冰箱，擁有的平民也很多。

「要是冰箱再大一點就好了～」

她小口小口地啜飲著放了冰塊的果汁。

「艾蕾娜小姐妳不會使用魔法嗎？」

「我怎麼可能會使用呢。我要是會用，就不會只當一個旅館的女兒了。我好羨慕會用魔法的優奈小姐喔。」

就算妳說羨慕我，我也只是個沒有熊熊裝就不能使用魔法的人。

這個世界的居民基本上都具有魔力（據艾蕾娜小姐所說）。

是我第一次使用浴室的時候聽說的。

浴室裡使用了水的魔石和火的魔石。

對魔石灌注魔力就會有冷水或熱水流出來。

因為使用浴室的時候是裸體，讓我一瞬間擔心是否會不能用，但幸好可以正常使用。

從熊熊裝的使用說明中寫著對裝備「灌注魔力」的句子看來，就可以知道我本身也具有魔力。

可是，我如果沒有熊熊裝就沒辦法使用魔法。

艾蕾娜小姐也說自己雖然有魔力，卻不能使用魔法。

我有點搞不懂這個世界的魔力與魔法的因果關係。

我想，艾蕾娜小姐說不定和裸體時的我是一樣的。

如果調查這部分的事，也許可以找出不需要熊熊裝也能使用魔法的可能性。

可是，只要有熊熊裝就可以很方便地光靠想像力來使用魔法，所以我現在並不考慮那麼做。

結果我到晚餐時間之前都一直和艾蕾娜小姐聊著天。

雖然我個人很高興有事情可以打發時間，艾蕾娜小姐的母親卻覺得她偷懶不工作，臭罵了她一頓。

17 熊熊挨罵，變成階級D

狩獵哥布林之後，我一邊承接公會的委託，一邊進行了各種實驗。

魔法的應用、想像魔法的方法、熊熊魔法的威力檢驗。

如何使用哥布林王的劍、灌注魔力的方法。

投擲小刀的方法。

熊熊裝的攻擊力與防禦力的檢驗。

確認熊熊箱可以裝的分量、大小等等。

我這幾天驗證了許多事情。

我今天也將陪我做實驗的野狼收進熊熊箱裡，到公會報告。

「優奈小姐，請問今天也『只有』野狼嗎？」

不知道為什麼，「只有」這個詞給我一種壓迫感。

「是啊。」

「真的嗎？」

「……為什麼這麼問？」

「最近有很多接下狩獵委託的冒險者會在無法達成委託的情況下回來呢。」

「…………」

「聽說他們到了狩獵地點，卻找不到魔物。」

「…………」

「要去狩獵哥布林群的冒險者到了目的地，卻到處都找不到哥布林。」

「…………」

「有村子提出打倒半獸人的委託，半獸人卻在不知不覺中消失了。」

「…………」

「去狩獵狗頭人的人找不到狗頭人。」

「…………」

「去狩獵獨角兔的人也找不到。」

「…………」

「這已經不是一次兩次的事情了。請問您知道些什麼嗎？」

她用懷疑的眼神看著我。

我對這個問題的答案是ＹＥＳ。

那些全部都是我最近狩獵的魔物名稱。

打倒的魔物就放在熊熊箱裡。

「這樣啊，那些接下委託的冒險者真可憐。」

我一假裝不知道，海倫小姐就嘆了好大一口氣。

「我聽說他們在狩獵地點多次目擊到打扮成可愛黑熊的女孩子，請問您有頭緒嗎？」

她沉默地看著我的眼睛。

我忍耐著想要別開目光的衝動。

「我的打扮該不會是流行起來了吧？」

「怎麼可能有那種事！會打扮成這樣的人只有優奈小姐！就您一個人而已！」

「既然妳知道，怎麼不一開始就這麼說？」

「公會會長交代我，如果您來了就要叫您過去。」

「為什麼？我又沒有搶別人的委託。我只是碰巧去到那裡，又碰巧遇到魔物才會打倒牠們的嘛。」

「是的，那樣不會有任何問題。更何況優奈小姐並沒有收取報酬金。」

「那就……」

「可是，既然您登記為公會會員，就有義務要回報自己狩獵過的魔物。因為那樣一來，承接委託的冒險者才不會被視為任務失敗。」

「我知道了，我下次會記得回報。」

「不過，今天還是要請您去見公會會長。」

「咦～～」

「沒有什麼咦不咦的。我幫您帶路，請跟我來。」

我被海倫小姐強行帶到公會會長的辦公室。

她先敲了門，才出聲呼喚裡面的公會會長。

「會長，我帶優奈小姐過來了。」

「進來吧。」

海倫小姐打開門走進裡面。

辦公室裡有坐在桌子前面工作的公會會長。

「妳來啦。海倫可以回去工作了，優奈妳到那邊坐下。」

他指著辦公室中央的桌子。

桌子前面大約排列著六張椅子。

我隨便在其中一張椅子上坐下。

「所以，妳到底想要做什麼？」

「這麼問是什麼意思？」

「妳殺死了其他人的委託要狩獵的魔物，卻完全不回報給公會知道。妳沒有收取報酬金，也沒有要變賣魔物的素材。說實在的，妳到底想要做什麼？」

我有各種目的，像是打發時間、練習魔法、練習劍術、確認魔物、製作地圖等等。

「因為我剛到這座城市，所以正在探索這附近。我只是在探索的時候湊巧遇到魔物，才會消滅牠們而已。」

「那麼，對公會的回報呢？」

「我幾天前才加入，所以不知道。」

實際上我真的不知道會員有義務回報除了委託目標之外還殺死了什麼魔物。

這是沒有告訴我這件事的海倫小姐不對。

不過，這對冒險者來說好像是常識，但來自異世界的我根本不可能知道。

「妳不賣素材的理由是？」

「因為我不缺錢。」

「可是放在道具袋裡遲早會腐壞，妳也會傷腦筋吧。」

話說回來，一般的道具袋裡面都有正常的時間流動。那樣一來，裡面的東西必然就會受損並腐敗。

「嗯～～你可以保證不說出去嗎？」

「什麼？我可不是會到處散布他人祕密的男人。」

「因為我的道具袋可以暫停時間，所以不用擔心腐敗的問題。」

「……真的嗎？」

我為了讓他相信，當場取出三天前打倒的野狼。

「這是我三天前打倒的野狼。」

我將野狼屍體放到桌子上。

公會會長看著野狼進行確認。

「看起來就像是幾分鐘前才殺死的一樣。」

因為新鮮度不同，公會會長馬上就判斷出來了。

因為沒有經過放血，血液會流到桌子上，所以我一等他確認完就將野狼收回熊熊箱裡。

「所以不會腐爛，沒關係。」

「我了解了。不過，妳下次要記得遵守回報的規定，要不然其他的冒險者會很困擾。」

「嗯，我知道了。我可以走了嗎？」

「還有一件事，妳有打倒半獸人嗎？」

「有啊。」

因為說謊也沒有意義，我誠實地回答。

「唉，從今天開始，我決定讓妳晉升為階級D。」

「那麼簡單就提升我的階級沒關係嗎？我沒有接階級D的委託喔，我記得最少也要接十次才可以吧。」

「既然妳可以單獨打倒半獸人和哥布林王就沒問題了。而且，妳的道具袋裡面應該裝著十隻以上的半獸人吧。」

裡面的確裝著十隻左右。

「另外要麻煩妳把半獸人的素材賣給公會。公會偶爾也要提供素材給店家，要不然會失去威嚴的。」

「了解。」

他朝外面大喊。

「喂！有人在嗎！」

「是，請問有什麼事嗎？」

一名公會的女性職員馬上跑了過來。

「麻煩妳跟海倫說一聲，把這傢伙的階級提升到D吧。」

「我明白了。」

「那妳可以走了。」

我在公會女職員的帶領下，走到有海倫小姐在的櫃台。

女職員將公會會長說的話轉達給海倫小姐知道，便回到了自己的工作崗位上。

「優奈小姐，恭喜您升級。」

「謝謝。」

「可是，之前那樣真的會造成大家的困擾，請您務必要回報喔。」

「對不起。」

我的心裡雖然覺得這本來是海倫小姐的錯，卻還是乖乖地道歉。

「您可以了解就好。那麼我要幫您處理升級的手續，麻煩您出示公會卡。」

她將公會卡放到水晶板上，進行操作。

只有這個功能，我實在是搞不太懂。

整個國家的資料到底是怎麼連結到水晶板上的？

大概是運用了我不懂的某種魔法技術吧。

「另外，請問公會可以拜託您幾件事嗎？」

「什麼事？」

「可以請您暫時不要狩獵這附近的野狼嗎？狩獵當然是您的自由，但那會讓剛入行的冒險者遇到生活上的困難。」

「我姑且也算是菜鳥耶。」

我剛當上冒險者也才沒多久耶。

「優奈小姐可不能算是菜鳥。」

我被她這麼斷言。

也對，如果加上玩遊戲時的經驗，我的確不是初學者。

「菜鳥是沒辦法打贏一群哥布林、哥布林王、半獸人等魔物的。」

「我知道了，只要暫時不打倒野狼就可以了吧。」

「非常感謝您。畢竟公會也希望階級低的冒險者可以累積經驗，然後提升階級。為了累積經驗，野狼和哥布林是最適合的對手。」

「哥布林沒關係嗎？」

「因為哥布林會增加，所以沒問題，反而要請您多狩獵牠們。而且因為哥布林的素材無法變賣，所以是不受歡迎的委託。」

我其實也不太想要狩獵哥布林。

因為可以賣的素材就只有魔石，我不能直接把整具哥布林屍體帶到公會。

所以，我打倒哥布林之後，基本上都會燒掉然後埋到土裡。

「那麼，手續已經完成了，卡片還給您。」

我接過公會卡。

階級變成D了。

「那我現在可以回去了嗎？」

「是的，沒有問題。可是，請您先賣掉素材再回去。」

我走出公會，為了變賣素材而前往隔壁的建築物。

18 熊熊請人收購素材

我走出公會，來到隔壁建築物的素材收購櫃台。

櫃台有三個，其中兩個正在接待客人。我自然而然地走向沒有人的櫃台。

「嗨，熊姑娘，妳又來賣野狼了嗎？」

根茲先生笑著對我打招呼。

「還有其他的魔物啦。」

「喔，這樣啊。只要可以賣錢，公會什麼都會收購喔。」

總而言之，我從熊熊箱裡拿出十隻野狼。

室內的冒險者稍微躁動起來。

因為我一個人就帶了十隻野狼過來。

「今天也是大豐收呢。」

根茲先生呼喚後方的職員，指示他們搬運野狼。

從後方來了兩個人左右，把野狼一一搬過去。

櫃台清空之後，我接著拿出十隻獨角兔。

然後，室內的冒險者便開始更加吵鬧。

順帶一提，獨角兔是有一根長約一公尺的角的兔子。

牠們的外表雖然可愛，卻很有跳躍力，從正面使用跳躍攻擊時的威力很強。

如果防具太弱，就有可能被角刺死。

「什麼！竟然還有獨角兔啊，每一隻都是剛殺死的耶。」

根茲先生再度對後面喊話，指示員工搬運獨角兔。

「妳還是一樣不肢解嗎？」

「我不知道做法，而且很麻煩。」

「也好，公會這邊也很高興能增加工作。不過既然妳是冒險者，不學起來就會少賺錢喔。」

「我以後會學的。」

雖然我表面上這麼回答，但目前還沒有打算學會。

應該說我不覺得自己做得到會比較正確。

我好不容易才習慣了魔物的屍體。

肢解對我來說還是太困難了。

我在跟根茲先生對話的時候，櫃台上的獨角兔就全部搬完了。

「那麼，今天總共是十隻野狼和十隻獨角兔對吧？」

「還沒完，還有一樣公會會長拜託我的東西。」

「公會會長拜託的？」

我拿出一隻半獸人。

「喂喂喂，連半獸人都有啊。等一下，妳該不會要說連半獸人都有十隻吧？」

較小的半獸人體型有兩公尺，大的個體甚至有到三公尺。

這實在不是一個人搬得動的大小，放在櫃台上也只會礙事。

我一拿出半獸人，冒險者就開始騷動。

「怎麼可能有半獸人。」

「可是，那的確是半獸人沒錯啊。」

「她是一個人打倒的嗎？」

我無視吵吵鬧鬧的冒險者，回答根茲先生的問題：

「有喔。」

「等一下，妳的道具袋到底是怎麼回事？把十隻半獸人放在這裡也只會造成我們的困擾。妳到後面的冷藏庫來吧。」

我取得根茲先生的許可，前往櫃台後面的倉庫。

這個時候我聽到冒險者的聲音傳過來：

「十隻是騙人的吧。」

「要怎麼打倒那麼多啊。」

「因為是熊嗎？」

「如果是血腥惡熊的話就有可能吧。」

「不愧是血腥惡熊。」

「血腥惡熊是什麼啊？」

「你不知道嗎……」

「血腥惡熊」是什麼鬼啊？

雖然我想要聽聽冒險者之間的對話，根茲先生卻先走一步，所以我也無奈地跟了上去。

冒險者的聲音畢竟沒辦法傳到後面來。

大概是因為使用了冰系的魔石，我一走進倉庫就感覺到強烈的寒意。

「進來了就把門關起來吧，免得倉庫裡的溫度上升。」

我關上門走進裡面。

內部推積了許多魔物肢解後的肉和素材。

我剛才拿出來的野狼和獨角兔也搬到了這裡。

職員們都在賣力地工作著。

「雖然很冷，妳忍耐一下吧，因為肉放在溫暖的地方會腐爛。」

根茲先生走向最後面的一張大桌子。

即使是那張桌子，空間也只夠放得下一隻半獸人。

「麻煩妳放到這上面吧，剩下的放在附近的地面上就好。」

我照他所說的，從熊熊箱裡拿出魔物。

「謝謝妳嘍，畢竟搬半獸人實在是太辛苦了。可是，這樣好嗎？由我們來肢解的話，收購金額會下降喔。」

「我不會肢解，所以沒關係。而且我也不缺錢。」

「也對，賣了這麼多的確會有錢。不說這個了，妳現在是什麼階級？」

「我才剛升上階級Ｄ。」

「階級Ｄ啊。說的也是，妳都可以打倒半獸人了。可以請妳稍微聽聽看我的請求嗎？」

「什麼事？」

「熊姑娘，妳不會割取素材和肢解對吧？」

「………」

「所以，妳可以提供肢解的工作給來我們這裡的其中一個年輕人嗎？」

「那樣不是會減少公會的收入嗎？」

「就算少了熊姑娘妳一個人的收購量也沒問題啦。妳知道冒險者有幾百個人嗎？」

的確如此。

從我加入以前，公會就能夠順利經營了。所以就算少了我一個人也不會有問題。

「可是，為什麼是那一個人？」

「嗯，因為她還未成年，不是公會的職員。她是妳也認識的女孩子。」

「該不會是菲娜吧？」

我所認識的未成年女孩就只有一個人而已。

「熊姑娘應該也知道吧，關於那孩子的家人。」

我點點頭。

她沒有父親，母親生了病，還有個小她三歲的妹妹。

「雖然我也會給她工作，但基本上只有公會裡的工作忙不過來的時候。大部分的時候只靠公會職員就可以搞定工作了。」

「也就是說，你希望我可以把工作分配給菲娜嗎？」

「沒錯。她小小年紀就有相當高明的肢解技巧，因為割取的功力很好，所以應該不會傷到商品才對。」

「我是沒問題啦，不過我不知道什麼時候會離開這座城市喔。」

雖然還沒有決定，但我想要去王都看看。

而且我也想去看看別的國家。

「那樣也沒關係。只要妳還待在這座城市的時候就好。我希望妳可以分配工作給她。」

「順便問問，我應該給她多少？我不清楚肢解的行情。」

「公會會收取兩成的費用。所以，妳只要給她肢解後素材的一成售價就可以了。」
「一成就可以了嗎？」
「這還算是多的了。如果妳覺得太多，只要減少一點就好。」
「了解。」
「那我去叫菲娜過來，妳等我一下。」
根茲先生一臉高興地走向後面的房間。
他才剛進去後面的房間，就馬上帶著菲娜回來了。
「優奈姊姊！」
她跑過來抱住我。
嗯，真是可愛。
我摸摸她的頭。
「菲娜，妳過得好嗎？」
「是的。對了，優奈姊姊真的要給我工作嗎？」
「是啊，要拜託妳幫我肢解我帶來的魔物。」
「謝謝優奈姊姊。」
她露出開朗的笑容。
「菲娜，所以妳可以暫時不用再過來這裡了喔。」

「可是……」

「最近工作這麼多是因為小姑娘不肢解就直接帶過來。只要這個小姑娘把工作交給妳，公會的工作就會減少。不過，今天我會給妳足夠的工作，所以放心吧。今天這個熊姑娘也帶了野狼、獨角兔、獸人各十隻過來。」

「這麼多！」

「那我從明天開始要怎麼做才好？」

「我可以去優奈姊姊住的旅館嗎？」

「可以啊。」

「那我大概七點的時候過去喔。」

雖然我覺得有點早，但這個世界的居民都是在日出時開始工作的。

相對的，日落時就是工作的結束。

雖然也可以用魔石點燈，卻沒有人會工作到那個地步。

我和菲娜約定好明天的時間，走出倉庫。

外面和倉庫裡不同，非常溫暖。

我從根茲先生那裡收下今天變賣魔物的金額，回到旅館。

19 熊熊的別名是血腥惡熊

我今天也在旅館吃著美味的早餐。

可以不用準備食物的生活真是美好。

當我享受著家裡蹲的夢想時，菲娜就精神飽滿地走了進來。

「優奈姊姊，早安。」

「早安。」

我向她打招呼，喝著熱呼呼的湯。

熱食真是美味。

「妳等一下喔，我再一下子就吃完了。」

「好的，沒問題。」

「艾蕾娜小姐，可以幫菲娜準備一杯飲料嗎？」

在店裡走動的艾蕾娜小姐應了一聲便走進廚房。

「優奈姊姊？」

「沒關係，妳坐下。反正我也要談談今天的事。」

我說完，她就乖乖地坐在我面前的椅子上。

艾蕾娜小姐馬上就將飲料端過來了。

「那麼，菲娜。我有很多不了解的事，可以請妳告訴我嗎？」

「好的。」

「肢解有什麼需要的東西嗎？我只知道需要小刀。」

「基本上只要有小刀就沒問題了。刀子愈鋒利，肢解起來也會愈漂亮。如果刀子太鈍，野狼等魔物的毛皮就不能漂亮地剝下來了。如果是高級的魔物，有時候也沒辦法用普通的鐵製小刀來肢解。」

「菲娜的小刀是？」

「雖然是鐵製的小刀，但因為是戈德先生打造的刀，所以品質很好。」

「還有其他需要的東西嗎？」

「大概還需要肢解的場地吧，附近有水的話就更好了。」

「只需要這些嗎？」

「另外還有很多細節，像是磨刀石和可以把肢解後的素材保存起來的地方。因為時間久了之後肉會壞掉。」

「總之會需要用到磨刀石、肢解場地、保存空間對吧？」

那應該沒有問題，我前幾天做好的東西可以拿來使用。

「我還想要問菲娜一個問題。我在做委託的工作時，妳要怎麼辦？是要跟我一起去？還是等我回來？」

「我想要跟過去，但是我會礙手礙腳的。」

「為什麼想要跟我一起來？」

「因為如果跟優奈姊姊一起去，說不定可以摘到媽媽的藥草。」

「那妳要跟我一起來嗎？」

「可以嗎？」

「我可以保護好菲娜一個人，所以沒問題。還有，菲娜妳可以在外面過夜嗎？」

「嗯～～只要提早和媽媽說就可以了。可是太久的話會讓她擔心的。」

「那今天就當天來回好了。妳可以先跟媽媽說以後有可能會到外面過兩天一夜嗎？還是我先去拜訪一次會比較好？」

「沒關係，我會好好跟媽媽說。」

我吃完早餐，散步時順道悠閒地往公會走去。

我們中途在道具店補充了磨刀石。

一進到公會，海倫小姐就已經在忙碌地趕著處理冒險者的事務。

我悠閒地自行走向階級D的委託告示板。

我的身後跟著菲娜。

階級D的告示板前面沒有什麼人。

階級E的告示板前面是最多人的。

雖然有幾個人看著我，卻沒有人向我搭話。

也對，早上這麼忙碌，大家都顧著搶工作，應該沒有空管我的事吧。

我來到告示板前看著委託，卻找不到有趣的任務。

・將商人護送至王都。

・狩獵半獸人，包括肉。

・狩獵魔鬼猴，農作物受到的破壞造成居民困擾。

・劍與魔法的老師，限階級D以上。

・採集梅爾梅爾草。

・調查霍艾爾山的魔物異常增生的原因。

・從霍艾爾山運送鐵礦石。

……………

「沒有什麼有趣的委託呢。」

「優奈姊姊都用那種理由來選工作嗎？」

「是啊。既然要做，有趣一點當然比較好。」
我接著走向階級C的告示板。
冒險者只有四個人。
可是，他們好像都是同一個隊伍的夥伴。
因為他們正在討論要選哪個工作。
為了不打擾到他們，我透過空隙看著告示板。

・巨魔的素材
・殲滅札門盜賊團
・防衛薩摩格要塞
・狩獵半獸人群
・飛龍的素材

…………

雖然有些看起來很有趣，但全都是因為不知道魔物所在的地點，所以不方便取得的東西。
如果知道魔物的所在地，飛龍等委託就不錯。
「喂，這位打扮怪異的小姐。這個告示板是階級C喔。」

四人團隊的其中一個年過二十的男人向我搭話。

「我知道，我只是看看階級Ｃ有什麼樣的委託而已。」

「只是看看啊。算了，調查有什麼樣的委託也可以學到東西。」

「這孩子不是傳聞中的階級Ｅ的熊女孩嗎？」

打扮成魔法師的女性看著我。

「我昨天升上階級Ｄ了。」

我姑且糾正了她。

「妳說妳是階級Ｄ？」

「算是，雖然是昨天才剛升級的。」

「其他的成員呢？……那個小不點的年齡還沒到呢。」

他應該是注意到菲娜還不到可以成為隊伍成員的年齡了吧。

「我記得傳聞中的血腥惡熊好像是獨行俠耶。」

「什麼啊，血腥惡熊是什麼東西？」

啊，這個問題我也想知道。

我昨天很在意。

「什麼嘛，托亞你不知道嗎？」

看似領導隊伍的人加入了對話。

「聽說對打扮成熊的少女挑釁的冒險者被她不斷毆打到渾身是血，就算道歉也沒有得到原諒。少女在對手倒下之後也繼續毆打……她好像還把在場的所有冒險者都打到渾身是血為止。」

那是怎樣，好恐怖。

到底是哪裡來的熊啊。

「而且，那個打扮成熊的少女每天都會把沒有肢解的血淋淋魔物直接帶到公會，最近掀起了一陣話題。」

用劍或魔法打倒魔物當然會流血了。

而且因為我會馬上收起來，所以拿出熊熊箱的時候才會流血嘛。

「因為外表和行為的關係，她才會被稱為血腥惡熊。」

「我都不知道，原來還有那種熊啊。」

我也不知道。

原來還有那種熊啊。

「也難怪，畢竟你不常來公會嘛。」

「這麼說來，這個熊姑娘很有名嗎？」

「因為她可以一個人完成狩獵一群哥布林、狩獵哥布林王、狩獵半獸人，所以在公會還算是小有名氣。」

「對了，裝扮也是。因為她也很有實力，所以最近愈來愈有名了。」

「梅爾也知道嗎？」

「蒐集情報對冒險者來說是必備技能喔。」

「這樣啊，熊姑娘，抱歉啦，我還以為妳是打扮怪異的初學者。」

對方好像不是壞人。

他似乎是以為我是什麼都不懂的初學者，只是想提醒我不要搞錯委託告示板而已。

「不會，因為你好像只是出於關心。」

「這樣啊，那我們要先走了，對了，如果有什麼事就跟我們說一聲吧。」

可能是討論後已經決定要接下哪個委託，他們四人拿著委託書走向櫃台。

我也從階級Ｄ之中決定好可以當天解決的委託。

「優奈姊姊，妳決定好了嗎？」

「是啊，那我們也走吧。」

20 熊熊的召喚獸是熊，熊熊的家是熊熊屋

我到空著的櫃台承接委託，走出公會。

「優奈姊姊，妳接的是什麼委託？」

「狩獵虎狼。」

「大姊姊！」

「什麼？」

「我聽說虎狼比野狼更大更強耶，沒有問題嗎？」

菲娜一臉擔心地抓著我的熊熊服裝。

「應該沒問題吧。」

反正大概也只是比較大隻的野狼而已。

我撫摸著看起來很不安的菲娜的頭，走出城市。

城門前排著比較晚出發的商人和冒險者。

我們也排隊出示公會卡，然後離開城市。

我們通過城門走了幾分鐘，移動到距離道路有點遠且附近沒有人的地方。

有幾名冒險者從遠方遙望著我們。

我不在意地停下了腳步。

「大姊姊？」

「我要拿可以坐的東西出來，妳等一下。」

我叫菲娜稍微離遠一點，伸長戴著白熊與黑熊的雙手。

我灌注魔力。

熊的嘴巴大大張開，隨後便有白色的物體和黑色的物體從左右兩張嘴巴裡飛了出來。

這兩個物體開始扭動。

然後慢慢地用四隻腳站起來。

是的，牠們是熊的召喚獸。

白熊與黑熊來到我的眼前。

牠們湊了過來，於是我摸摸牠們的臉和下巴。

牠們很舒服似的瞇起了眼睛。

摸起來軟綿綿的，觸感很好。

牠們溫柔地碰觸著我的臉頰。

「大姊姊！」

菲娜往後退。

「不要緊。牠們是我的召喚獸，很安全喔。來，菲娜也摸摸看吧。」

菲娜戰戰兢兢地靠近，觸摸召喚獸。

一發現牠們不會對自己怎麼樣，菲娜便露出笑容。

「那菲娜就坐到熊急上面吧。」

「熊急？」

「白熊叫做熊急，黑熊叫做熊緩。」

熊急為了讓菲娜方便騎上去而坐了下來。

「沒事的。」

菲娜小心翼翼地騎到熊急身上。

菲娜一坐上去，熊急就緩緩地站了起來。

「嗚啊啊啊。」

「好好抓緊就沒問題了。不過，其實因為有熊急的能力，所以除非妳自己跳下來，要不然是不會掉下去的。」

因為視點比想像中更高，不習慣的話可能會有點可怕。

「就算妳睡著或沒有抓好也不會掉下來。」

安撫過菲娜以後，我也騎到熊緩身上。

「一開始我會讓牠們慢慢走，等妳習慣後就要開始跑嘍。」

「嗯、嗯。」

跨坐到熊背上的我們朝著有虎狼的山出發。

不用多說，剛才在附近看到我們的冒險者、商人和旅人當然都用好奇的眼光望著我們。

雖然我一開始打算在沒有人看到的情況下召喚，但又覺得每次都要在遠離城市的地方召喚很麻煩，所以才決定不去在意別人的目光，直接召喚。

載著我們的熊漸漸開始加快速度。

目的地是哥布林王出現的山的更深處。

走路的話要六個小時，騎著熊只要三十分鐘左右就可以抵達。

「啊哈哈哈哈哈。」

菲娜看起來很開心。

我不知道現在時速有幾公里。

畢竟熊身上又不會有儀表板。

因為我沒有坐過汽車或機車，所以不了解體感速度。

可是，我可以知道現在速度相當快。

速度雖然快，但是因為有一股力量包圍著熊的全身，所以不會感覺到風壓。

因此，就算睡著也可以抵達目的地。

我們中途又加快了速度，來到狩獵哥布林時獲得情報的村子附近。

因為熊緩牠們的出現會嚇到村民，造成別人的麻煩，所以我們沒有經過村子，直接進入山林裡。

來到山上難免會減速。

接下來就要慢慢登山了。

「我記得應該是在這附近。」

委託書上有寫目標會在這一帶出現。

我在山路的途中找到一片平地，從熊緩背上爬下來。

「這附近應該可以吧。」

我確認著周圍的障礙物和空間。

然後從熊熊箱裡取出某樣東西設置起來。

「優奈姊姊！」

菲娜對我拿出來的東西驚聲尖叫。

今天的菲娜老是在大叫呢。

出現的東西是房子，也就是熊熊屋。

附設庭院的兩層樓熊熊屋就在我們的面前。

房子的外觀是一隻重量級的熊用四隻腳站立的模樣。

玄關是大大張開的熊嘴巴，二樓是一隻小熊在上面的形狀。

這棟房子的隔壁還附有倉庫。

「總之先進去裡面休息一下吧。」

「……嗯。」

我請熊緩牠們在庭院等待。

我們就像被熊吃掉一樣走進嘴巴裡。

熊熊屋裡面是日本風的樣式。

「啊，要在那裡把鞋子脫掉喔。」

我雖然不知道這個世界的習慣，還是這麼告訴她。

在玄關脫掉鞋子之後，就可以來到客廳。

一樓是客廳、廚房、浴室、廁所、迷你倉庫。

二樓有我的房間，也準備了幾間客人用的房間。

屋頂位於小熊的頭上，我打算用來晾乾洗好的衣服。

「喔，妳就在那附近坐下吧。」

我指著模仿沙發製作出來的椅子。

「優奈姊姊。」

「什麼事？」

「這間房子是什麼？」

菲娜先環顧室內一遍，然後向我發問。

「是我用魔法蓋的房子。」

我在魔法的實驗中發現熊熊箱可以裝的大小和分量都沒有限制，所以就蓋了一棟旅行用的房子。

房子是我用土魔法想像著熊的形狀蓋好的。因為這樣可以增加強度。

內裝是我用土魔法按照自己的喜好做出牆壁，並決定房間的劃分。

我買了水的魔石，設置在需要水的房間裡。

廚房裡也放了冰箱。

因為每個房間都有設置光的魔石，所以晚上也很明亮。

這個房子裡缺少的東西大概就只有電視和電腦了吧。

要是有這兩樣東西，可以要宅的房子就完成了。

我到廚房裡拿冰涼的果汁給菲娜。

「優奈姊姊妳是哪裡的貴族大人嗎？」

「不是耶。」

「那妳是公主殿下嗎？」

「世界上怎麼可能有我這樣的公主，我只是普通的冒險者啦。」

菲娜好像還想說什麼，最後卻閉上嘴巴。

「那休息之後，我就要去找虎狼了喔。」

「那我呢？」

「妳可以和熊急一起去找媽媽的藥草。只要有熊急在就安全了，如果妳覺得有危險，回到房子裡就會有結界保護，所以很安全喔。」

「………」

「還有，我會把魔物放到隔壁的倉庫裡，有空的話就拜託妳肢解了。」

「等一下再肢解也沒關係嗎？」

「這就看妳想怎麼做了。因為肢解後賣到的金額有一成是妳的收入，要早點找到藥草然後肢解，或是一直尋找媽媽的藥草都是妳的自由。」

「嗯，我知道了。」

「那我們去隔壁的倉庫吧，我來跟妳說明。」

從房子內和外面都可以進入倉庫。

倉庫有十坪左右的空間。

倉庫中只有設置水和工作台，沒有放任何其他的東西。

我從熊熊箱裡取出十隻左右的野狼和獨角兔放在牆邊。

「不用全部弄完也沒關係喔。肢解完之後，可以請妳放到這邊的房間裡嗎？」

隔壁的房間是冷藏庫。

這主要是為了存放大量需要降溫的東西而蓋的房間。

因為熊熊箱裡的時間會停止，所以無法降溫。

雖然說只要把熊熊屋放到熊熊箱裡，時間本來就會停止。

「那我去去就回，妳要小心喔。要是發生什麼事，靠熊急就沒問題了。」

21 熊熊要去狩獵虎狼

我走出熊熊屋，騎到熊緩背上移動。

雖然使用熊熊鞋子也可以。

但我最近喜歡騎著熊緩和熊急移動。

如果一直只騎其中一隻，另一隻就會心情不好，所以我會讓牠們兩隻交替。

我騎著熊緩使用探測魔法調查這附近。

因為等級提升的關係，探測範圍變大了。

有無數隻魔物被我探測到蹤影。

是這個吧？

「好像有兩隻呢，是夫妻嗎？」

我對熊緩指示前進的方向。

熊緩開始奔跑，穿越在林木之間。

熊緩撥開所有的樹枝和草叢前進。

如果是用熊熊鞋子跑過去可就沒辦法這樣了。

雖然附近也有野狼等魔物出現，但我今天不管牠們，繼續前進。

走了一陣子，虎狼的反應就愈來愈近了。

我指示熊緩停下來。

附近傳來水流的聲音。

看來這裡好像是靠近河川的地方。

我煩惱著是要從熊緩身上下來慢慢走，還是直接騎熊緩過去。

如果牠們撲過來還算好的，要是被牠們逃掉，追上去也很麻煩。

更不要說總共有兩隻了。

如果我是遊戲中的獵人，就會利用風向或氣味在不被發現的情況下前進，但我根本沒有那種技能。

還是騎著熊緩衝過去好了。

我指示熊緩前往有虎狼在的地點。

熊緩開始奔跑。

黑色的影子在山林中奔馳。

熊緩一來到河邊，我就看見那裡有兩隻大老虎——虎狼正在休息。

牠們一注意到我，就慢吞吞地站了起來。

「吼嚕嚕……」

牠們窺探著我。

「比想像中還要大隻呢。」

其中一隻和熊緩差不多大。

另一隻更是大上一號。

小隻的是雌性，大隻的是雄性嗎？

我從熊緩背上慢慢下來。

我撫摸熊緩的臉，拜託牠去對付比較小的那一隻。

我對兩隻虎狼放出風魔法。

虎狼用敏捷的動作輕鬆閃躲。

熊緩朝母的虎狼跑了過去。

我對公的虎狼放出火焰魔法。

虎狼往右邊閃避，直接朝我衝過來。

好快！

牠們和野狼不一樣，速度和爆發力都更強。

虎狼一瞬間就逼近了我。

我製造出一面土牆。

可是卻被牠輕鬆地破壞掉了。

嗯～～普通的魔法好像無效。

牠已經靠近到可以撲到我身上的距離。

我往上方跳著逃開。

虎狼望著天空低吼。

我利用滯空時間在天上思考著。

這時候虎狼跳起來了。

「不會吧！」

虎狼用尖銳的牙齒對準墜落中的我。

「熊熊鐵拳。」

我瞄準張開嘴巴的虎狼側臉打飛牠。

虎狼被打到地面上。

我在著地的同時射出無數支冰箭。

冰箭全部都被彈飛了。

哥布林王那時候也一樣，靠我現在的等級，或許沒辦法用普通的魔法對牠造成傷害吧。

既然這樣，就用打倒哥布林王的方法試試看好了。

我在地上挖出深深的洞穴，讓虎狼掉下去。

正當我要靠近洞穴攻擊的瞬間，虎狼就從牆壁爬上來了。

牠的爪子乘著這股力道朝我攻過來。

我往後一個踏步，閃開攻擊。

洞穴陷阱好像沒用呢。

另一方面，熊緩正在和小了一號的虎狼交戰。

爪子與爪子的攻防。

牙齒與牙齒的攻防。

牠們打得不相上下。

普通的熊會在速度上輸給對方，但我的熊也有很快的速度。比虎狼更快。牠的體力也很好，從城市跑到這個地方都沒有露出疲勞的樣子。

可是，那隻虎狼居然可以和我的熊匹敵，真是出乎意料地強。

我決定把那邊的虎狼交給熊緩，專心打倒眼前的虎狼。

因為我想要牠的毛皮，所以希望盡量不要弄出傷口，該怎麼辦呢？

「水熊術。」

一隻用水組成的熊出現了。

水熊朝虎狼跑過去，用雙手緊緊地抓住虎狼。
然後直接將牠的臉壓進自己的身體裡。
虎狼的臉進入水熊之中。
虎狼被水熊壓制住，無法動彈。牠的嘴巴吐出大量的空氣，露出呼吸困難的模樣搖著頭。
熊系的魔法果然很強。

我望向熊緩的方向，發現牠剛好壓制著虎狼。
我做出一顆水球，朝虎狼放出去。
水球包住了虎狼的臉。
兩隻虎狼雖然想要逃跑，卻各自被水熊和熊緩壓制住，沒有辦法掙脫。
過了一段時間，兩隻虎狼就再也不動了。
狩獵完畢。
我把虎狼收進熊熊箱裡，踏上返回熊熊屋的路。

22 菲娜與熊熊 其二

好了，我今天也一起床就開始幫媽媽和妹妹做早餐。

媽媽今天的身體狀況好像很好。

妹妹揉著想睡的眼睛醒了過來。

我等她們兩個人吃完早餐，然後前往公會。

我一到公會就發現好像有人帶來了大量還沒有肢解的野狼，讓我很高興。

今天應該有工作可做。

我走向公會後面的冷藏庫。

冷藏庫裡面很冷。

這是為了防止肉壞掉而做的處理，所以也沒辦法。

可是，倉庫裡有準備野狼毛皮做成的防寒衣物，我會借來用。

因為是給職員用的，所以有點大，但是這也沒辦法。

可是，穿起來很溫暖。

我一走到冷藏庫後面，就看到堆成一座山的野狼。

我把其中一隻放到桌子上。

因為桌子有點高，所以我準備了自己專用的墊腳台。

這樣就可以更容易肢解野狼了。

我用小刀切開野狼的肚子，把毛皮漂亮地剝下來。

這隻野狼真是完整。

用劍攻擊好幾次才打倒的野狼，跟一擊打倒的會有不同價格的毛皮。這隻野狼是被一擊打倒的。

好像是優秀的冒險者打倒牠的。

難怪人家會不肢解就直接拿過來。

低階的冒險者寧願自己來也不想要被收取肢解的手續費。

如果是高階的冒險者，就不需要特地肢解野狼來賺錢了。

這對我來說是很感激的。

剝掉毛皮之後，我將肉依照部位一一分類。

這些肉可以賣給旅館、餐廳、一般家庭。

剩下的多餘部分沒辦法拿去賣，所以我可以收下。

今天的晚餐可以吃到肉了。

真是感謝公會。

我最近每次到公會都找得到肢解的工作。

我覺得很高興。

前幾天還有哥布林王。

我從來都沒有肢解過哥布林王。

為了學習，我看了公會的前輩們工作的過程。

哥布林王好像很硬。

刀子很難刺進身體裡。

哥布林王的身上有好幾道被劃開的痕跡。

打倒牠的人到底是怎麼攻擊的呢？

雖然正面的身體有很多傷口，但背部卻很完整。

那個人是從正面和牠戰鬥的嗎？

真是一個厲害的冒險者。

今天也有野狼的肢解工作。

把這些魔物帶來的好像是同一個冒險者。

聽說那個人是打扮成熊的女孩子。

是優奈姊姊。

優奈姊姊好像間接幫助了我。

我今天去公會，發現好像有獨角兔。

毛皮摸起來軟綿綿的，很舒服。

我聽說牠們的角還可以拿來做成某種藥。

可是我不是專家，所以不太清楚。

我的工作是肢解。

我把獨角兔分解成毛皮、角、肉。

真想要用這些毛皮做衣服給妹妹穿。

雖然我很想要，但是絕對不會偷東西。

那樣會背叛給我工作的根茲叔叔的信賴。

今天也有工作。

我真是太高興了。

我正在肢解野狼的時候，有幾個公會的職員被叫出了倉庫。

聽他們說話的內容，好像是有人把沒有肢解的大量魔物素材搬了過來。

那個人說不定是優奈姊姊。
雖然我很想要去確認，但是我不能離開工作崗位。
當我肢解著眼前的野狼時，根茲叔叔就過來了。
他說優奈姊姊好像會僱用我專門幫她做肢解的工作。
我肢解到一半時被帶到優奈姊姊那裡。
優奈姊姊還在這個城市的時候都會把工作分配給我。
可以得到穩定的工作讓我很開心。
因為我今天還有工作，所以我們約好明天的事情就道別了。

隔天，我一大早就起床，在約定的時間前往優奈姊姊住宿的旅館。
我很感謝人家願意給我工作。
我一到旅館，就看到優奈姊姊正在吃早餐。
我是不是太早來了呢？
優奈姊姊叫我過去，還給我一杯果汁。
果汁非常好喝。
然後，我們討論了今天要做的事。
她問我要跟過去還是留下來。

如果要去森林的話，我想要跟過去。

那裡說不定可以找到治療媽媽的病的藥草。

可是，如果會造成麻煩，我會留下來。

結果，優奈姊姊就說她可以保護好我。

我決定一起跟過去。

這樣真的好嗎？

我們一到公會，就走向委託告示板那裡。

為了不要妨礙到別人，我在稍微遠一點的地方等著優奈姊姊。

然後，優奈姊姊又被冒險者纏上了。

果然是因為那套熊熊裝扮太顯眼了嗎？

可是，這次沒有發生什麼事就和冒險者分開了。

太好了。

優奈姊姊好像已經決定要接哪個委託，她走向櫃台。

我發問了，問她接了什麼樣的委託。

然後優奈姊姊說：

「狩獵虎狼。」

一瞬間，我說不出話來。

我好驚訝。

雖然我不太清楚，但是階級Ｄ的工作可以一個人完成嗎？

大家好像都是組隊一起戰鬥的。

我不太懂。

我真的可以跟著優奈姊姊去執行那種任務嗎？

23 菲娜與熊熊　其三

我們穿過城門，走到城外。

話說回來，我還沒有問目的地在哪裡。

虎狼會出現在附近的森林裡嗎？

然後，優奈姊姊說很遠，所以要拿可以坐的東西出來。

拿出來？

我不懂她的意思。

她叫我稍微離遠一點。

優奈姊姊一舉起熊熊手套，就有黑色的物體和白色的物體跑出來了。

那是什麼呢？

大大的物體開始動了。

是熊。

好大。

好可怕。

牠們站起來，湊近優奈姊姊。

優奈姊姊抱著摸摸牠們的頭。

當我看著這樣的優奈姊姊……

「不要緊。牠們是我的召喚獸，很安全喔。來，菲娜也摸摸看吧。」

她就這麼對我說。

雖然我很害怕，還是慢慢靠近，摸摸牠們。

好柔軟。

沒想到牠們還滿可愛的。

名字好像是白色的叫做熊急，黑色的叫做熊緩。

優奈姊姊讓我坐到熊急身上。

我坐上去了。

視點變得很高，我覺得有點恐怖。

可是，坐起來很穩定，感覺不太會掉下去。

一開始牠們是用走的，等我習慣了才加快速度。

好好玩。

好快。

看到的景色不斷改變。

我還是第一次來到這麼遠的地方。

我們登上了山。

優奈姊姊停下來了。

她好像是要在山上的一塊平地休息。

就算只是騎在熊身上，的確也會累。

我對熊急道謝，爬了下來。

優奈姊姊一從熊緩身上下來，就開始確認場地。

然後，她舉起戴著手套的手，眼前就突然出現了一棟房子。

我到底在說什麼呢？

我再確認一次。

優奈姊姊做了某件事。

然後，房子就出現了。

我果然還是不懂。

房子是這麼簡單就可以蓋好的東西嗎？

應該是不可能的。

年紀還小的我也知道，木工才會蓋房子。

可是，為什麼房子是熊的形狀呢？

我覺得很疑惑，看著熊熊房子，

「總之先進去裡面休息一下吧。」

但我也只能對這麼說的優奈姊姊點點頭。

房子裡面是我從來沒有見過的房間。

優奈姊姊告訴我要在入口脫掉鞋子。

地板很乾淨。

的確不可以把這種地板弄髒。

我脫掉鞋子走到房子裡。

我聽優奈姊姊的話，坐到椅子上。

我緊張地看著周圍的時候，優奈姊姊就拿了一杯果汁給我。

果汁冰冰的，我嚇了一跳。

可是，這杯果汁真的很好喝。

我問了自己很在意的問題：

「優奈姊姊妳是哪裡的貴族大人嗎？」

「不是耶。」

「那妳是公主殿下嗎？」

「世界上怎麼可能有我這樣的公主，我只是普通的冒險者啦。」

她好像都不是。

可是，我覺得她不是普通的冒險者。

她蓋出這棟房子、叫熊急牠們出來、一個人打倒魔物，而且最重要的是還穿著熊熊服裝，我覺得世界上沒有這種普通的冒險者。

我問完問題以後，我們喝著果汁討論今天要做的事。

優奈姊姊好像打算一個人去找虎狼。

她說我可以在這座山上找藥草。

她還說我可以自由決定要不要肢解。

總之，我決定先去找一下藥草。

我一個人會害怕，但熊急好像會陪著我。

那樣我就可以安心了？

如果找了一下還沒有找到，我決定去做肢解的工作。因為我就是為了這個工作才過來的。

優奈姊姊和熊緩一起出門了。

我也要騎著熊急去找藥草。

我騎著熊急走在山上。
我也想要肢解，要是可以早點找到藥草就好了。
如果這隻熊熊可以幫我找藥草，我會很高興。
「熊急，你可以找到藥草嗎？」
就算知道不行我還是問了一下。
熊急轉頭看著我，然後點點頭。
咦？牠聽得懂嗎？
熊急不斷前進。
牠是在幫我找嗎？我也在熊急的背上找著藥草。
因為我已經看過那種藥草好幾次，所以遠遠的也能夠找到。
這時候，熊急加快速度了。
那個是！
熊急跑向的地方出現了藥草。
好厲害。
我從熊急身上爬下來採藥草。
如果全部摘完，以後就不會再長出來了，所以我只拿了一半。
但光是這樣就很多了。

因為是長在這種深山，所以才沒有任何人來採嗎？

我採藥草的時候，聽到了撥開草叢的聲音。

我看向聲音傳來的方向，發現有野狼。

我嚇得往後倒退，野狼卻馬上逃跑了。

對了，我的身邊還跟著熊急。

野狼應該是看到熊急才逃跑的吧。

「熊急，謝謝你。」

我摸摸牠的頭。

嗯～～牠好可愛喔。

我把藥草收到袋子裡，決定回去熊熊屋。

可以這麼快就找到真是太好了。

這樣就可以回去做肢解工作了。

好了，回去吧。

我坐到熊急的背上。

正要回去的時候，我才發現。

我不記得回去的路。

我不知道要走哪個方向才對。

我迷路了。

我這麼想的時候，熊急就直接開始前進了。

牠知道要怎麼回去嗎？

「你知道房子在哪裡嗎？」

我問牠，牠就點點頭。

這隻熊熊比我還要聰明。

過了一段時間，我就看見熊熊形狀的房子了。

幸好沒有迷路。

真感謝熊急。

24 熊熊回到家之前都算是工作中

我騎著熊緩回到熊熊屋了。

熊急窩在庭院裡舒服地睡著覺。

看來菲娜好像在熊熊屋裡面。

我叫熊緩去休息，走向倉庫。

我一走進裡面，就看到菲娜正在肢解著魔物。

「啊，優奈姊姊，歡迎回來。」

注意到我走進倉庫的菲娜過來迎接我。

「我回來了。」

「優奈姊姊好早回來喔，虎狼呢？」

「被我打倒了。抱歉，可以拜託妳等一下幫我把當作狩獵證明的魔石挖出來嗎？」

虎狼的狩獵證明是魔石。

「嗯，沒問題。」

我從熊熊箱裡取出兩隻虎狼。

「優奈姊姊好厲害喔。」

她驚訝地看著龐大的虎狼屍體。

「牠們的確很強。普通的魔法對牠們沒有效，而且動作也很快，害我都不得不使出王牌了。」

「就算是那樣，我還是覺得可以打倒牠們的優奈姊姊很厲害。」

「謝謝。對了，妳有去找藥草嗎？」

「有，我請熊急幫忙。」

「請熊急幫忙？」

「是的，因為熊急幫我找到藥草，我才可以馬上回來。我問牠『你知道哪裡有藥草嗎？』，牠就帶我到有藥草的地方了。」

我都不知道熊急還有那種能力。

下次來試試看吧。

菲娜一邊和我對話，一邊繼續肢解。

我看著她把野狼的毛皮漂亮地剝下來。

技術真不錯。

「虎狼的部分，只要拿出魔石就好了對吧？」

「嗯，現在只要拿魔石就好。不過我以後可能會再拜託妳。」

野狼的肢解告一段落之後，菲娜便開始挖取放在地上的虎狼的魔石。

她切開腹部，毫不猶豫地伸手進去拿出魔石。

菲娜把用水洗乾淨的魔石交給我。

魔石發出白色的光輝，比野狼的魔石還要大了兩號以上。

「妳怎麼知道魔石的位置？」

菲娜下刀挖取魔石的時候沒有遲疑，把手伸進去就拿了出來。

「魔石大多都是在魔物的身體中心。」

「是嗎？」

「是的，雖然這麼說，我也不是肢解過所有的魔物，所以不太確定。可是，我以前就知道虎狼的魔石和野狼是在同樣的位置。」

「菲娜真厲害。」

「厲害的是優奈姊姊，因為妳可以一個人打倒這麼厲害的魔物嘛。」

「謝謝。那麼，時間也有點晚了，我們來吃午餐吧。」

我將取出魔石的兩隻虎狼收進熊熊箱。

「我……沒有……準備……午餐。」

菲娜低著頭小聲說道。

「沒關係，我有請旅館準備了，妳先洗個手再過來房間裡吧。」

「好的。」

我回到熊熊屋，從冰箱裡拿出果汁，再從熊熊箱裡取出冒著煙的熱呼呼餐點。

真得好好感謝時間停止的功能。

我把東西放到桌上，準備好之後，菲娜就走進房間裡了。

「快點趁熱吃吧。」

我讓菲娜坐到擺著料理的餐桌前。

「看起來好好吃。」

菲娜很開心地看著放在眼前的餐點。

「所以，妳打算怎麼辦？」

「怎麼辦？」

菲娜一臉疑惑。

「要回去嗎？還是要繼續肢解？」

「可以的話，我想繼續肢解。」

「那我們就暫時待在這裡吧。」

「謝謝優奈姊姊。」

我吃完飯後，告訴菲娜自己要去二樓睡覺，走進自己的房間。

房間是四坪左右，稍微寬敞一點。

房內只放著稍大的床和圓桌與四張椅子以及沒放任何東西的櫃子，與什麼都沒有放的書櫃而已。

既然有了熊熊箱，就算不收納東西也沒問題。

總之我把黑熊服裝翻過來變成白熊，鑽進了被窩。

我決定睡幾個小時的午覺。

搖啊搖。

「優奈姊姊，優奈姊姊。」

搖啊搖。

「菲娜？」

「請快點起床。」

「早安，肢解結束了嗎？」

「是的，已經結束了。所以我才來叫醒大姊姊。」

「謝謝。」

我打了個呵欠，從床上下來。

「優奈姊姊！」

菲娜眼神閃閃發光地看著我的打扮。

為什麼？

「這套白色熊熊好可愛喔。」

啊，我現在的裝扮是白熊。

「我睡覺的時候都這麼穿。」

我脫掉白熊裝，翻過來變成平常的黑熊。

「那我們回去吧。」

「好。」

回程的時候由我騎熊急，菲娜騎熊緩。

大約花了三十分鐘回到城市時，太陽已經快要下山了。

看來是順利在完全日落之前回來了。

雖然我不懂這個世界的規矩，但還是不應該帶著十歲的孩子在外面待到太晚。

熊緩來到城門前的時候，衛兵嚇得舉起了武器。

我和菲娜從熊背上下來，將熊熊們收起來。

然後，我露出若無其事的表情拿出公會卡，打算進城。

「喂，剛才的熊是怎麼回事？」

「召喚獸啊。」

「是嗎，原來是召喚獸。」

衛兵不發一語地將公會卡還給我。

我本來還以為對方會說什麼，結果什麼都沒有。

我們走進城市，到公會報告狩獵虎狼的結果。

25 熊熊尋找肢解場地

我們來到公會前，菲娜就說要在外面等，所以我一個人走了進去。
有一堆邋遢男人的地方的確會讓人不想進去。
而且還有笨蛋會馬上跑過來糾纏走進公會的小孩子。
「我馬上回來。」
我進入公會，一前往櫃台就看到了海倫小姐。
因為剛好沒人排隊，所以我來到海倫小姐面前。
「優奈小姐，您要回報委託嗎？」
「嗯，工作結束了。」
「那麼麻煩您出示公會卡。」
我交出公會卡。
海倫小姐確認了登記在公會卡裡的委託內容。
「優奈小姐您接下了虎狼的狩獵委託嗎！」
「是啊。」

「而且還是今天承接，今天就完成狩獵！」

因為海倫小姐大呼小叫，室內的冒險者們都躁動起來了。

「她說虎狼耶。」

「竟然一個人去狩獵階級D的怪物。」

「可是，虎狼出沒的地點離這裡很遠吧。有可能當天來回嗎？」

「你不知道嗎？」

「知道什麼？」

「是熊啊。」

「熊？你是說那個小姑娘的裝扮嗎？」

「不是啦。她是叫出熊當召喚獸，騎在上面過去的。」

「當召喚獸？熊？」

「我有看到喔。而且還有兩隻，白色和黑色。」

另一名冒險者加入了對話。

「兩隻！」

「而且那兩隻熊跑很快。」

後面的人聊得很熱絡，但我這邊的談話也還在繼續。

「那麼優奈小姐，可以請您出示證明狩獵的魔石嗎？」

我從熊熊箱中拿出兩顆魔石。

「有兩顆是嗎？」

「因為有兩隻。」

後面的人聽到我說出兩隻就開始騷動，但我充耳不聞。

海倫小姐接過魔石，放在水晶板上面。

「是，這兩顆的確都是今天狩獵到的魔石。因為委託目標是一隻，所以懸賞金將會增加，請問您同意嗎？」

「嗯，可以啊。如果拒絕的話會怎麼樣？」

「您只會收到一隻的報酬金，公會卡上的狩獵數量也會記錄為一隻，但魔石會退還給您。」

「嗯，因為我現在不需要魔石，所以就登記兩隻吧。」

「我明白了，公會會將狩獵數量登記為兩隻。那麼不好意思，請問您有將虎狼的素材帶來嗎？」

海倫小姐的視線投射在熊熊箱上面。

「有是有，但我不會賣喔。」

「這樣呀，如果您願意割愛，公會會很感激您。」

「我想要毛皮，所以不行。」

我想請菲娜剝下有條紋花樣的虎狼毛皮，裝飾在單調的熊熊屋裡。

可以掛在牆壁上，鋪在地上也不錯。

「這樣呀，雖然沒有毛皮很可惜，但牙齒和爪子、肉的部分呢？」

「那些我不需要，所以我會等肢解完再帶過來。」

「非常感謝您。那麼這些是您的報酬金，公會卡也一併還給您。」

我把沉甸甸的錢和公會卡收進熊熊箱裡。

我向海倫小姐道別，走向在外面等待的菲娜身邊。

「讓妳久等了，那我們回去吧。」

「大姊姊不賣掉野狼和獨角兔嗎？」

「太麻煩了，下次再賣。我還是會付錢給妳的，不用擔心。」

其實我只是忘記把肢解後的素材從熊熊屋拿出來收到熊熊箱裡而已。

可是，我必須付錢給幫我肢解的菲娜。

我把銀幣交給菲娜。

「優奈姊姊。」

菲娜驚訝地看著我拿給她的銀幣。

「沒關係的。」

我有事先向在收購處負責櫃台工作的根茲先生詢問肢解魔物的行情。

我付的金額比他說的稍微多一點。

「因為我不一定會一直待在這座城市，所以妳就趁現在存錢吧。」

「謝謝妳，優奈姊姊。」

菲娜綻放笑容，我撫摸著她的頭。

隔天，菲娜也一大早就來到旅館。

因為昨天才剛出門一趟，我真想叫她回去休息。

我今天本來也打算休假，都怪我昨天沒有告訴她這件事。

每次肢解都要跑到外面去也很麻煩。

要不要去別的地方借倉庫呢？

那樣的話還要花錢。

如果可以借到公會的倉庫就好了，我決定先去公會問問看。

我帶著菲娜前往公會。

因為出發得晚，公會裡的冒險者已經很少了。

我到櫃台找看起來很清閒的海倫小姐。

「優奈小姐，早安。」

「早安。」

「您今天也是來找委託的嗎？」

「我有個問題想問。」

「什麼問題？」

「妳知道有哪裡可以借到用來肢解的場地嗎？」

「請問是虎狼嗎？」

「也有虎狼，但我還想要肢解各種魔物。如果可以借到公會的倉庫是最好的。」

「那可能有點困難呢。」

「果然啊。」

「而且您不是要借短期，而是長期對吧？」

「嗯～～這就不一定了。」

「這樣的話，我可以介紹別的地方給您。」

「……對了，有空無一物的土地嗎？」

「土地是嗎？」

「對，稍微寬敞一點，什麼都沒有的地方。」

「我想應該有，但土地並不在冒險者公會的管轄範圍內，所以找商業公會諮詢或許會比較好。」

「商業公會？」

「是的，他們是進行商品交易的公會。當然，也有在交易土地，所以我想應該可以幫您介紹。」

「知道了，我去問問看。」

我走出冒險者公會，請菲娜帶我到商業公會。

26 熊熊屋設置完畢！

「優奈姊姊，就是這裡。」

商業公會建造在城市中央稍微偏西邊的位置。

會走進裡面的人種和冒險者公會不一樣。

沒有肌肉笨蛋或手持魔杖的魔法師。

而是有許多極具特色的商人型人物。

這裡瀰漫著和冒險者公會不太一樣的距離感。

而且，可能是因為熊熊裝扮很醒目，我在這裡也受到了好奇的視線洗禮。

「優奈姊姊，妳不進去嗎？」

我在入口附近觀望的時候，菲娜就對我開口了。

我決定轉換心情，走進裡面。

室內非常熱鬧。

在這裡，熊熊裝扮同樣會聚集目光。

我拉低熊熊連衣帽，遮住視線。

菲娜一邊對附近東張西望，一邊抓著我的熊熊服裝。

我直接走向櫃台。

「歡迎光臨。」

大約二十歲出頭的女性來接待我。

她看到我的打扮也面不改色，用笑容服務我。

真不愧是商業公會的職員。

「呃，我想要借一下土地，我問過冒險者公會，他們介紹我到這裡來。」

「好的，沒有問題。商業公會也會進行土地與房屋的仲介。那麼，請問您想要尋找什麼樣的土地呢？」

「總之可以先幫我找什麼都沒有的平地嗎？」

「好的，沒有問題。」

「那可以用租的嗎？」

「是的，可以。」

「那麼，我想要租一個月左右，大概需要多少錢？」

「這會根據土地大小和地段而有所不同，請問您有什麼需求呢？」

「多少有點距離也沒關係，但離冒險者公會近一點比較好，大小只要和冒險者公會的倉庫差不多大就好了。」

「和冒險者公會的倉庫差不多大的土地嗎？我調查一下，請您稍候。」

她暫時離開櫃台，大約過了五分鐘，她拿著幾張紙走了回來。

「讓您久等了，大約有五筆物件。」

「哪一個最便宜？」

「是這裡，這是五筆之中距離冒險者公會最遠的。一個月的租金是三十枚銀幣。」

一天大概一枚銀幣吧。

「這麼便宜？」

「上面並沒有任何建築物。只有土地使用費的話，大概就是這個價格。只不過，在交還土地時如果有將土地挪作他用，有可能會要求您恢復原狀，請您特別注意。」

「可以順便告訴我其他土地的租金嗎？」

「好的，其他土地分別是九十枚、七十五枚、四十八枚、三十五枚銀幣。」

「可以告訴我這五個地點的位置嗎？」

她拿出地圖，告訴我每一個地點。

「嗯～～九十枚和七十五枚太貴所以跳過，另外三十枚的那個地方也不要。」

三十枚的土地位在交通不方便的地方。

剩下的是三十五枚和四十八枚的地點。

最佳選擇是四十八枚的地點。這裡距離公會和菲娜的家所在的地點都很近，而且也很接近我

現在住宿的旅館。

三十五枚的地點雖然接近公會，卻離旅館和菲娜家都很遠。

「您決定如何呢？」

「如果這裡可以再算我便宜一點，我比較想要這裡。」

我指著四十八枚銀幣的土地。

「順便請教一下，請問您會怎麼使用這片土地呢？」

「我要在上面蓋房子，當作肢解魔物的場地。啊，交還土地的時候我一定會把房子撤掉，所以不用擔心。」

「請您稍等一下。」

女性稍微離開了一下，卻又馬上走回來。

「不好意思，請問您是血腥惡熊嗎？」

「…………」

「咳咳，失禮了。請問您是冒險者優奈小姐嗎？」

「……我就是。」

「非常感謝您最近提供的野狼、獨角兔、哥布林王的素材。」

「……？為什麼商業公會要向我道謝？」

「您不知道嗎？冒險者公會和商業公會是有合作關係的。冒險者公會獲得的素材會流通到商業公會，並由商業公會出售。另外，商業公會也會委託冒險者公會提供護衛或確保缺貨的魔物素材，兩者屬於互助互惠的關係。」

「我都不知道。」

「是的，所以最近野狼和獨角兔的流通量增加，各位商人都非常高興。」

「可是，我一個人賣出的分量和整個商業公會比起來應該是微乎其微吧。」

「不，優奈小姐所帶來的每一樣素材都非常漂亮，可以賣到很好的價錢。普通的冒險者會用劍揮砍好幾次，所以難免會製造出一些損傷。不過，優奈小姐帶來的每種素材都相當漂亮，所以很受歡迎。而且哥布林王的珍貴素材也很有人氣。」

「這樣啊。」

「是的，所以剛才談到的土地就算您三十五枚銀幣，請問您意下如何？」

「可以嗎？」

「是的，如果優奈小姐肢解後可以賣給冒險者公會，商業公會也會得到幫助。」

「那就拜託妳了。」

「那麼，接下來請容我為您帶路。」

女性從座位上站了起來。

「妳要幫我帶路嗎？」

「是的，請問有什麼不方便嗎？」

「是沒有啦，但是負責櫃台的妳只為了我一個人就離開，不會怎麼樣嗎？」
「沒問題的，有人可以代替我。更重要的是，我並不希望我與您的緣分就此斷掉。」
「緣分？」
「是的，優奈小姐是新人冒險者的潛力股。我想應該有很多人都會想與您打好關係，我也是其中一人。太晚自我介紹了，我的名字叫做米蕾奴，還請您多多指教。」

米蕾奴小姐帶我們來到的地方正是剛才在地圖上確認過的地點。
距離旅館很近。
地點很靠近公會。
土地的空間也夠大。
行人少更是一個優點。
「我決定就租這裡了。」
「非常謝謝您。」
「那麼麻煩您在這份合約書上簽名並進行公會卡的複寫。」
「複寫？」
「是的，只要將公會卡重疊在這裡就可以了。這樣才可以確認是您本人。」
我簽下名字並複寫公會卡，然後支付一個月份的三十五枚銀幣。

「那麼，既然您想要在這片土地上建造房屋，商業公會也可以替您介紹木工師傅，請問您需要嗎？」

「不用了，我已經有房子了。」

「…………？」

米蕾奴小姐一臉疑惑。

我一瞬間猶豫是否要對她說明熊熊箱和熊熊屋的事，但還是決定保密。

「這樣呀，如果還有什麼需求，歡迎您光臨商業公會。」

米蕾奴小姐對我低頭行禮以後便離開。

我確認米蕾奴小姐已經回去以後……

看看右邊，沒問題。

看看左邊，沒問題。

後面，也沒問題。

前面，也沒問題。

我確定現在沒有行人通過。

我從熊熊箱裡取出熊熊屋。

是的，空無一物的土地上一瞬間就蓋起了一棟房子。

我帶著菲娜走向倉庫。

「那麼，菲娜，今天就拜託妳處理虎狼了。」

我將虎狼交給菲娜，回旅館一趟，取消住宿。

我決定從今天開始住在熊熊屋裡。

熊熊勇闖異世界

新發表章節

熊熊召喚熊

從書店購入魔法教學書之後，我在這幾天內一直都在練習魔法。

以魔物為對手練習魔法的過程中，我的等級逐漸提升。我開始漸漸習慣了這個世界的魔法。幸好基礎和現實世界的遊戲是相同的。

我從熊熊箱裡取出飲料準備休息，順便打開狀態視窗看看，卻注意到上面新增了一個令人在意的技能。

熊熊召喚獸……

既然是熊熊召喚獸，就表示我可以召喚熊吧。技能的內容寫著可以從兩邊的熊熊手套各召喚出一隻熊。也就是說有兩隻嗎？

總而言之，我決定先試試看。我對黑熊手套灌注魔力，在腦海中想像著召喚熊的樣子。黑熊娃娃的嘴巴大張，黑色的物體從口中跳了出來。

我的眼前出現一個既龐大又圓滾滾的的黑色物體。

這是熊嗎？

黑色物體開始蠢蠢欲動，轉了一圈把臉面向我。原來我剛才看到的是牠的背部。熊環顧著四周站起來，然後慢慢地朝我的方向走過來，縮短我們的距離。

我怎麼覺得有點恐怖。

我後退一步，熊就逼近一步。

當我作勢要繼續後退，熊就很寂寞地小聲叫了「咿……」一聲。

牠一發出這種聲音，我就沒辦法再退後了。

熊靠過來磨蹭著我。牠理所當然地很溫暖。我撫摸著熊，牠就露出了很開心的樣子。牠的毛很柔軟，觸感非常好，感覺就像高級皮草一樣。

「你就是我的召喚獸？」

牠發出「咿～」的一聲，坐下來背對著我。

「你該不會是要我坐上去吧？」

我問完，牠就又叫了一次。我連馬都沒有騎過耶，可是，考量到以後，我的確很想要這樣的交通手段。我戰戰兢兢地跨坐到熊背上，熊為了不讓我跌落，緩緩地站立起來。

「唔哇哇哇。」

雖然我差一點失去平衡，卻沒有掉下去。

熊轉過頭來看著我，靜止不動。

「怎麼了？」

我這麼問完才理解情況。

「啊，你不知道要去哪裡才好吧。總之先隨便走走吧。」

熊叫了一聲，開始行走。

「喔喔。」

感覺很不錯，搖晃得沒有想像中嚴重，就像是坐在高級沙發上一樣。

「你稍微跑起來看看。」

我這麼拜託熊，牠就開始奔跑。

好快，好快。

周遭的景色不斷轉變。速度明明很快，卻不會失去平衡，也沒有會墜落的感覺。這就是這隻召喚獸的力量嗎？

雖然我想要試著左右搖晃身體或是站立起來，卻好像有某種力量正在發揮作用，讓我有種被吸附在熊身上的感覺。

就算我放鬆身體躺下來也不會墜落，這樣可以一邊睡覺一邊移動吧？

我打算下次再驗證這件事，接著轉而確認最高速度。

「你試著跑快一點。」

我一拜託熊，牠就加快了速度。雖然我沒有坐過機車，但卻隱約覺得比機車更快。牠奔馳過平地，往山上跑。熊在山上也沒有顯露出疲勞的跡象，輕快地跑上山坡。

「停下來。」

來到山腰以後，我摸了摸熊的脖子。熊緩緩降低速度，然後停下腳步。

我從熊身上爬下來，伸展背脊。

雖說是隨意跑一跑，不知道這一帶大概是哪裡。當我正要打開地圖確認的瞬間，熊跳了起來。

「什麼？」

剛才熊所站立的地方被一支箭刺中了。

我從箭的指向判斷出發射的方位，迅速做出一道土牆。

我被盯上了嗎？

我使用探測魔法調查對手所在的位置。

從箭插在地上的角度推測方向，可以發現一個靜止不動的反應。

我在土牆上開了一個小洞，觀看箭射過來的方向。

因為那裡是樹木群生的山坡，我看不見射箭的人影。

距離大約是一百公尺左右。

對方的目標並不是我，而是這隻熊。

我看著熊。從遠處看過來，我搞不好就像是這隻熊的孩子呢。

我看著自己的布偶裝打扮。

「你聽得見嗎！」

我試著對箭射過來的方向喊話。

「我是冒險者，這隻熊是我的熊。可以請你不要射箭嗎！」

我接著等待對方的回應。如果對方沒有反應，我就只剩下逃跑或反擊這兩個選項了。

「真的是冒險者嗎？那隻熊是安全的嗎？」

對方回應了。

「只要你不主動攻擊，我就什麼都不會做。如果你要攻擊我，我就只好發動攻擊了。」

「………」

一陣短暫的沉默。

「知道了，我不會出手攻擊。」

一名手持弓箭的男人從樹木的縫隙中現身，他的裝扮像是遊戲中會出現的獵人。

「那隻熊真的是妳的熊嗎？」

「對，所以你別攻擊喔。」

我撫摸著熊向他證明。

「我還是第一次看見這麼順從人類的熊。抱歉，突然對妳射箭，因為有巨大的熊出現，我嚇了一跳。」

「你了解就好。畢竟我也在，一般人都會發現吧？」

「抱歉。因為妳打扮成這個樣子，遠看就像是小熊一樣。可是，近看就不像小熊了。小姑娘妳是從哪裡來的？應該不會是和熊一起住在這座森林裡的吧？」

「我住在克里莫尼亞城。」

「克里莫尼亞城？原來妳是從那麼遠的地方來的啊。城裡很流行妳這種打扮嗎？」

流行這種打扮的地方就只有日本而已。

「對了，小姑娘妳為什麼會出現在這種地方？這裡很危險喔。」

「我只是想坐在這孩子身上散個步而已，這裡很危險嗎？」

「打扮成這種奇怪的樣子散步嗎？」

說奇怪是多餘的，我可不是自己喜歡才打扮成這個樣子。

「這裡有山主，所以很危險。」

「山主？」

「就是一隻大山豬。我會對妳的熊射箭，也是因為我一開始以為牠是山主。」

「竟然會搞錯，那隻山豬有這麼大嗎？」

我的熊體型相當龐大。而那隻山豬居然和這隻熊差不多大。

「是啊，體型就和妳的熊差不多。牠會亂吃村裡的農作物，甚至攻擊進入森林的人，所以待在這裡很危險。」

原來還有那種體型像怪物一樣的山豬。

「我勸妳趁早離開。」

「知道了，那我回去好了。謝謝你相信我的熊。」

我打算騎著熊離開。以這孩子的速度，在天黑之前應該可以回到城裡。

「妳可以等一下嗎？」

「嗯？什麼事？」

「小姑娘，妳會使用魔法嗎？」

他看著用土魔法製造出來的牆壁問道。

「會啊。」

「這道牆壁大概有多堅固？」

「大概可以擋住哥布林和半獸人的攻擊吧。」

「可以擋住半獸人的攻擊！我有件事想拜託小姑娘，妳可以幫忙在村子的田地周圍做出牆壁嗎？當然，我們會盡力答謝妳，不過希望妳不要期望太大。我也知道這個要求很無理。可是，再這樣下去，村裡的糧食就要被山主吃光了。拜託妳。」

男人對我低頭。

我實在是很想拒絕麻煩事。可是如果下次我過來的時候發現村子毀滅了，我也會有罪惡感。

所以我勉強答應了他的要求。

「可以是可以，但我不保證能擋住那個山主喔。」

山豬的衝撞在日本也是很危險的。

威力很強，危險性也很高。既然牠的體型和這隻熊差不多大，我根本無法想像威力會有多強。我無法擔保土牆一定可以擋住牠。

「嗯，我當然理解。我叫做布蘭達，住在這附近的村子裡。」

「我叫做優奈，是個冒險者。」

我們互相自我介紹，然後前往村子。

村子的方向好像和我來的方向剛好相反。我騎在熊身上，跟在布蘭達先生身後往村子前進。在這段時間內，布蘭達先生決定用這個村子種的幾天份的蔬菜來答謝我。

我們在山林裡前進，然後下山，便開始看到村落了。來到村子的入口附近時，一名男人站著用長槍指向我。

「布、布蘭達，你後面是什麼東西！」

男人大叫。

「沒事，你先把武器放下來吧。這位打扮成熊的人是冒險者優奈，這隻熊也是小姑娘的熊，只要不傷害牠就沒有危險。」

「真的嗎？」

他用懷疑的眼神看著熊。

「千萬不要攻擊牠喔。光是山主就搞得我們一個頭兩個大了。」

「我知道了。可是，我一個人也不能決定什麼事。我叫村長過來，你們在這裡等一下。」

男人對布蘭達先生這麼說道，然後往村子裡跑去。

「真抱歉。因為山主的關係，大家都很緊張。」

這也沒辦法。畢竟他是和打扮可疑的我，與一般人都認為很凶暴的熊在一起。

過了一陣子，剛才那名男性和老人走了過來。

「布蘭達，你知道村子現在是什麼狀況嗎？」

「就是因為知道，我才會拜託她過來。」

「什麼意思？」

「這位小姑娘會使用土魔法。我覺得她可以做出阻擋山主的牆壁，才會帶她來。」

「用魔法做牆壁？雖然這麼做可以幫助我們，但村子可沒有錢能答謝她啊。」

「只要有幾天份的新鮮蔬菜就夠了。」

「只要蔬菜就可以了嗎？」

「可以啊。相對的，要在正好吃的時候採收給我喔。」

剛摘的蔬菜最好吃，這在全世界都一樣。

「所以，這隻熊是妳的熊嗎？」

「是啊。」

我抱緊了熊，證明給他看。

「我想確認一下，牠真的不會攻擊人吧？」

「只要別人沒有主動攻擊牠的話。」

「我知道了。那麼，我重新歡迎妳來到我們村子。博格，你去把小姑娘的事情告訴所有的村民，跟他們說千萬不要刺激到熊。」

在村子入口處站崗的男人再次跑進村子裡。

「那就請進吧。」

一進到村子裡，就可以看見裡面的慘狀。

有些房子的牆壁上開了洞，甚至還有崩塌的房子。

「這全部都是山主幹的好事。房子只要重建就好，但田地可就沒辦法了。沒有了田地，我們就沒東西可吃。那樣的話，村民就一定會餓死。」

聽到這種話會讓我不好意思拿蔬菜耶。

「你們打算怎麼辦？只要圍住田地就可以了嗎？還是要我在村子周圍做出圍牆？」

村子現在只有用木造柵欄圍著而已。仔細一看，還可以看出到處都有補強的痕跡。是被山主破壞掉的地方嗎？

「可以的話，真是幫大忙了。但我們沒有蔬菜以外的東西可以答謝妳喔。」

看村子這個樣子，可以知道村裡的蔬菜比金錢更貴重。

拿到城市裡可能賣不到多少錢，但這些蔬菜還有更高的價值。

「那樣就夠了。那麼，我會沿著木造柵欄做出牆壁。」

我回到村莊入口，以這裡為起點開始製作包圍村子的牆壁。

「如果還需要其他的出入口就告訴我吧。」

我對跟在我後面的布蘭達先生說道。

「嗯，我知道了。」

我騎在熊身上，一邊做出高約兩公尺的牆壁，一邊繞著村子走一圈。

過程中，可能因為很稀奇，愈來愈多村民聚集過來。每當我做好一道牆壁，他們就會小聲地發出歡呼，孩子們還會跟過來走在熊的後面。

「魔法真是太厲害了。」

「村裡沒有人會使用魔法嗎？」

「有是有，但頂多只能放出小小的火苗。我從來沒有看過或聽過這麼厲害的魔法，妳的魔力還夠嗎？如果覺得很吃力，不用勉強沒關係。」

布蘭達先生可能也不太熟悉魔法，所以很擔心我。

「我沒事。」

「那就好，累了就告訴我吧。」

我沒有因為消耗魔力而感到疲勞，完成了牆壁。我根據布蘭達先生的指示，做出幾個出入口。

「如果山主從這裡進來的話怎麼辦？」

「沒問題的。山主會從山的方向過來，不會從出入口的方向過來。我們以後還是會做出夠堅固的柵欄，所以牠應該沒有辦法輕鬆入侵才對。」

因為牆壁已經完成，所以我們去找村長，把圍牆做好的消息告訴他。

「這樣啊，謝謝妳。雖然沒有什麼好東西可以招待妳，但我們準備了餐點請妳吃。」

現在已經是太陽快要下山的時間了。在沒有電力的異世界，太陽下山就等於工作結束。

我被帶到村長家中，坐到餐桌前。雖然很可憐，我還是請熊在外面等我。

我坐在椅子上，有一位女性從後方的廚房將料理端了出來。

「瑪莉，妳為什麼會在這裡？」

布蘭達先生一臉驚訝地對這位女性喊道。

「我是來幫忙村長的。而且她不是你帶來的客人嗎？身為妻子的我不招待她，誰來招待她呀？」

「可是，妳的肚子沒問題嗎？」

只要看到這位女性的肚子，就可以知道布蘭達先生擔心的理由。

她懷孕了。

「稍微運動一下對身體比較好嘛。」

「那就好，妳不要太勉強喔。」

被稱呼為瑪莉的女性來到我的身邊。

「雖然沒什麼好料理，請吃。」

「謝謝。」

端上來的料理主要是麵包、用蔬菜煮成的湯和沙拉。

麵包好像是自家生產的，非常好吃，而湯品除去味道有點偏淡這一點的話也很美味。

「小姑娘，我和瑪莉討論過了，妳今天就住在我家吧。妳現在應該也沒辦法出發吧，會拖到這麼晚，都是因為我有事相求。而且我們也需要時間準備蔬菜。」

嗯～～考量到這個村子的情況，其實我也不會硬要對方給我蔬菜。所以也是可以現在回去。外面可以看到夕陽，再不到一個小時，太陽就會完全下山了。

當我正在煩惱的時候，外面出現一陣騷動。

「山主出現了！」

村長家裡的每個人都從椅子上站起來。

「瑪莉和村長待在這裡，我出去看看。」

他拿起靠在牆壁上的弓，衝出家門。我也跟在他的後面。

我們來到外面並前往聲音傳來的方向，熊也緊緊跟在我們身後。

我們一抵達村民聚集的地方，就聽到牆壁上爆出一陣轟天巨響。

磅！

「小姑娘幫我們做的牆壁很厲害喔！山主用身體衝撞也不會壞掉。」

將梯子架到牆上並爬上去的男人發出歡呼。

「那村子就安全了吧。」

「小姑娘，謝謝妳！」

聚在這裡的村民都對我出聲道謝。

然而，這些話卻因為攀爬在梯子上的男人所說的話而轉變為慘叫。

「山主移動了，那裡是——」

男人所看的方向是村子的入口。

「快跑進房子裡！」

「可惡，好快！」

村民們拔腿就跑。

其中，布蘭達先生卻朝著村莊入口跑了出去。

我嘆了一口氣，然後追上去。

真希望他行動之前也可以考慮到將要出世的孩子。

不過，前往入口的人並不只有布蘭達先生，有幾個拿著武器的男人也正在奔跑。

「我們已經知道牠會從哪裡進來了！在牠進來的瞬間一起發動攻擊！」

「好！」

我來到入口，看到男人們都舉起了武器。

山主現身在入口處。好大，體型就和我的熊差不多。舉起弓箭的男士們射出箭矢，可是，所有的箭都被山主的肉體彈開，一支也沒有刺到牠。

山主蹬著地面起跑。雖然也有人用長槍突刺，卻都沒有命中。

山主筆直地朝著我這裡跑過來。當我正要對山主放出魔法的瞬間，熊阻擋到我面前，接下山主的衝撞攻擊。

「熊！」

熊緊緊地抓住山主，壓制住牠。山主的後腳更加用力，想要推開熊。可是，熊也使勁踏穩地面，讓山主一步也無法前進。

「把牠推倒！」

熊吼叫著回應我的指示，然後加強力道。山主的前腳抬高，開始掙扎。

發出砰的一聲巨響，山主倒了下來。

我同時發動魔法。

水聚集在我右手的黑熊娃娃面前。我舉起娃娃，對山主施展水的魔法。一團水球包覆住山主的臉。

山主因為無法呼吸而感到痛苦，開始瘋狂亂動。

「熊！別讓牠跑了！」

熊壓制著山主的力道更加強勁。

即使如此，山主還是扭動身體，企圖脫逃。可是牠沒辦法呼吸，身體也被推倒，更被熊從上方壓制住，所以無法逃跑。

山主掙扎的力道逐漸減弱，最後終於一動也不動。

「…………」

「…………」

村莊裡瀰漫著安靜的沉默。

「熊，謝謝你。」

我這麼一說，熊就小聲地叫了「咿～」一聲，從山主身上退開。

「牠死了嗎？」

某個人小聲地問道。

「牠真的……」

布蘭達先生從一個村民手中接過長槍，刺在山主身上。山主沒有反應。

「死了。」

因為這句話，整個村子充滿著喜悅。

「小姑娘，謝謝妳！」

「謝謝妳。」

村民們的感謝之意向我蜂擁而來。

「真的可以嗎？」

我決定將山主提供給村民。

「糧食被這傢伙吃掉，你們也很困擾吧。你們可以自由決定要把牠煮來吃或是拿去賣。」

「可是，我們沒有拿出任何東西來答謝妳。小姑娘妳不只幫我們做好牆壁，還打倒了山主。我們怎麼可以連山主都收下呢？」

村民都點頭同意村長的話。

「村子裡還有孕婦，考慮到即將出生的小寶寶，你們一定要讓人家吃一些營養均衡的食物。在我看來，大家應該都沒有好好吃飯吧。」

可能是為了節約糧食，所有人都非常消瘦。

「我還會再來的，要答謝的話也可以等到時候再說。」

「非常感謝妳。」

村長對我低下頭。

我決定今晚住在布蘭達先生家，隔天早上再出發。

隔天一早，村民們都聚集在村子的入口。

我覺得很不好意思。

「那麼，妳隨時都可以再過來。這個村子會永遠歡迎小姑娘妳。」

「小姑娘，謝謝妳。有什麼事都可以來找我，我絕對不會忘記這次的恩情。」

「優奈，謝謝妳喔。」

村長、布蘭達先生、瑪莉小姐都紛紛向我道謝。

「瑪莉小姐，請妳一定要生下健康的小寶寶喔。」

「到時候妳要來看小寶寶喔。」

我跨坐到熊的背上，往克里莫尼亞出發。

嗯，這隻熊很快，真不錯，以交通手段來說非常方便。我撫摸著熊的背部。

話說回來，我好像還有另外一隻熊。

跨越村落附近的一座山時，我趁休息的時候在白色手套上集中魔力，召喚出另一隻熊。

一個龐大的白色物體從白熊娃娃嘴裡跳出來。

這隻熊是一隻白熊呢。

白熊背對著我，動也不動。

「你怎麼了？」

我呼喚牠，牠卻沒有反應。

我繞到白熊的正面。白熊小小地叫出「咿……」的一聲，低下頭來。

牠該不會是在鬧彆扭吧？

如果牠可以開始在地上畫圈圈就完美了。現在可不是開這種玩笑的時候，都是因為我只召喚黑熊，沒有召喚這隻白熊，牠才會這麼徹底地鬧彆扭。

雖然很可愛。

「對不起喔。我不是不想召喚你啦，只是忘記了……」

當我說出「忘記了」的瞬間，白熊就轉過去背對著我。

「不是啦，其實我不是真的忘記了啦……你看，我只有一個人嘛，我再怎麼樣都只能騎一隻呀。所以，回程的時候就拜託你了。」

我摸著牠的白色背部拜託牠。然後，牠就抬起頭來看著我了。

「可以麻煩你嗎？」

白熊嗚叫一聲，站了起來。

看來牠好像原諒我了。

我騎著白熊回到克里莫尼亞。

我在路上想好了兩隻熊的名字。

我把黑熊取名為熊緩，白熊則叫做熊急。

熊熊勇闖異世界

後記

將本書拿在手上的各位讀者，初次見面。

在「成為小說家吧」網站閱讀過本作的各位讀者，好久不見。

我在「成為小說家吧」刊載的作品承蒙出版社書籍化的邀約，讓我成功出道為小說家。

在「成為小說家吧」刊載作品的人們接到出版邀約的時候，是否都會高興地歡呼呢？其實我覺得胃好痛。

我甚至很疑惑為什麼人家會找上這種沒有文采的作品呢。

本作是在遊戲世界獲得最強裝備——熊熊布偶裝的女孩子因為某種契機而穿著布偶裝誤闖有魔物存在的異世界的故事。

她只要穿著熊熊布偶裝就是最強冒險者，脫掉裝備的話則是個普通的女孩子。

故事的靈感來自於「最強的矛與最強的盾」。最強的矛是黑熊手套，最強的盾是白熊手套。

因為光是如此還不夠有震撼力，所以我就讓主角穿上熊熊布偶裝了。

為什麼是熊呢？因為我一想到很強的動物，就聯想到熊。而且熊熊做成手套玩偶也很可愛，很適合女孩子裝備。

本作就是以這種理由為出發點的作品。

一開始以好奇的眼光觀望的居民和冒險者都會漸漸接納穿著熊熊布偶裝的少女。

人們會把她當作可愛的熊熊，或者是恐怖的惡熊。

與優奈相識的許多人都會逐漸獲得幸福（壞人和她扯上關係則會變得不幸）。

但願這樣的故事可以多少讓讀者看得開心。

最後，我要對出版本作時提供幫助的所有人致上感謝之意。

關照我的責任編輯、繪製了美麗插畫０２９老師、出版社的各位同仁，真的非常感謝你們。

二〇一五年五月吉日　くまなの

Kadokawa Light Novels

我家有個地下城

Kadokawa Fantastic Novels

作者：天羽伊吹清　插畫：うらび

這是個會有地下城出現在世上的時代——
但也不至於就在新家樓下吧！

當日暮坂兄妹剛搬入新家，就意外發現底下竟有座巨大的地下城！當情況從不小心被捲入到騎虎難下，他們只好展現驚人的意志力及羞恥力(!?)來拯救家園！個性令人遺憾的型男哥哥慧慈，便帶著吐槽哥哥不遺餘力的妹妹得藻一同展開顛覆世界觀的兄妹冒險！

台灣角川

NT$200/HK$60

Kadokawa Light Novels

山海相喰異話 1~4（完）

Kadokawa Fantastic Novels

作者：小鹿　插畫：Hong

宛如潘朵拉寶盒被掀開般揭露的禁忌過往……
滅絕與救贖僅僅一線之隔！

被許悠悠逼到不得不喝下「蝺渠」之血避災的李狌，不但洞悉了林狌與翼蠻蠻的過往，更在此時得知追殺他們的組織「山海」早已毀滅。就在此時，「兕」居然颯爽地以援軍之姿現身!?慘案的輪廓在此時浮出水面，一切事件的因緣是否能真相大白？

NT$240/HK$75

台灣角川

Kadokawa Light Novels

記錄的地平線外傳

Kadokawa Fantastic Novels

作者：山本ヤマネ　插畫：平沢下戸

克拉斯提原本的得力部下，
「突擊巫女」櫛八玉大顯身手！

〈大災難〉將玩家封鎖在遊戲世界之後，來不及從遊戲退休的90級「突擊巫女」櫛八玉、櫛八玉的好友「麻煩妹」八枝櫻、八枝櫻的男友勇太、不良少年達魯塔斯等個性迥異的「初學者集團」，將以秋葉原為目的地，展開一場摸索與奮鬥的大冒險！

台灣角川

NT$250/HK$75

國家圖書館出版品預行編目資料

熊熊勇闖異世界 / くまなの作 ; 王怡山譯. -- 初
版. -- 臺北市 : 臺灣角川, 2016.09-
冊 ; 公分
譯自 : くまクマ熊ベアー
ISBN 978-986-473-302-6(第1冊 : 平裝)

861.57 105014441

Kadokawa
Fantastic
Novels

熊熊勇闖異世界 1
（原著名：くま クマ 熊 ベアー）

2016年9月5日 初版第1刷發行
2020年12月4日 初版第3刷發行

作　者：くまなの
插　畫：029
譯　者：王怡山

發行人：岩崎剛人
總編輯：蔡佩芬
編　輯：蘇涵
美術設計：黃永漢
印　務：李明修（主任）、張加恩（主任）、張凱棋

發行所：台灣角川股份有限公司
地　址：105台北市光復北路11巷44號5樓
電　話：(02) 2747-2433
傳　真：(02) 2747-2558
網　址：http://www.kadokawa.com.tw
劃撥帳戶：台灣角川股份有限公司
劃撥帳號：19487412
法律顧問：有澤法律事務所
製　版：尚騰印刷事業有限公司
ISBN：978-986-473-302-6